그냥, 사람

그냥, 사람

홍은전 지음

봄날의책

차례

2

3

4

5

나는 왜 쓰는가

1.

신문에 칼럼을 쓴다는 건 말하자면 수만 명이 모여 있는 광장의 무대에 서서 10분 정도 마이크를 잡는 일과 같다. 그 긴장은 5년 동안 60편의 글을 쓰는 동안 조금도 줄어들지 않았다. 나처럼 겁이 많고 소심한 사람이 어쩌다 이렇게 살벌하고 무시무시한 일을 하게 되었을까. 그러니까 나는 왜 쓰고 있을까. 아무래도 그 이야기부터 시작해야겠다.

2014년 5월, 노들장애인야학(이하 노들야학, 노들)의 20년을 기록한 책《노란들판의 꿈》을 쓴 후 나는 13년간 활동했던 야학을 그만두었다. 그리고 그해에 여러 인권활동가들과 함께 세월호참사 유가족과 형제복지원 피해생존자 들의 이야기를 듣고 기록해서 책《금요일엔 돌아오렴》과《숫자가 된 사람들》을 만들었다. 좋은 사람들 속에서 많이 배우고 즐겁게 일했지만 그 일을 다음 작업으로 삼을 생각은 없었다. 글을 쓰는 일은 그것이 아무리 공동 작업일지라도 결국 대부분의 시간을 혼자서 컴퓨터 화면을 보며 버텨야 하는 일이었다. 의미있는 일이지만 외롭고 허한 일이기도 했다. 기록활동을 본격적으로 해보자는 동료들이 있었지만 썩 내키지 않았다. 나는 당연히 내가 노들야학(은 아니지만 노들야학) 같은 아주 '찐한' 공동체를 만나 다시 교사로 살아가게 될 거라고 생각했다. 하지만 그러기 위해서 무엇을 해야 하는지 어디로 가야 하는지는 몰랐다. 그저 어디로든 가야 한다는 마음으로 떠난 곳은 스페인의 산티아고 순례길이었다. 많은 사람이 삶의 방향을 찾거나 바꾸었다는 그 길을 걸으면 나도 그렇게 될 것 같았다. 노란 화살표를 따라 걷기만 하면 되는 그 길은 몸은 고단하지만 마음은 평화로운 안전하고 아름다운 여정이었다. 나는 화살표를 따라 꾸역꾸역 씩씩하게 걸어갔다. 그리고 40일 후 그 길의 종착지인 산티아고에 도착했을 때 나는 몹시 당황했다. 그 많던 화살표가 일제히 사라졌기 때문이었다.

'이제 어디로 가지?'

목적지에 도착해서야 내가 정말로 길을 잃었다는 사실을 제대로 인식했다. 나에게 방향을 알려주던 화살표 같은 존재들이 이젠 내 곁에 없다는 것도, 나는 화살표 없이 살아본 적이 없고 살아갈 능력도 없는 인간이라는 것도, 그때 절절하게 깨달았다. 산티아고에 도착해 한껏 들뜬 여행자들 사이에서 나는 몹시 불안하고 두렵고 우울했다. 결국 두 달이나 남아 있던 귀국 비행기 티켓을 앞당겨 황

급히 집으로 돌아왔다.

돌이켜보면 그때의 나는 어디로 갈지 모르는 게 아니라 어디로도 갈 수 없는 상태였다. 글을 쓰던 2년 동안 얻은 허리디스크에, 무리한 도보여행으로 인한 극심한 무릎 부상까지 더해져서 제대로 걸을 수조차 없게 된 것이었다. 2015년이었고 나는 서른일곱이었다. 허리에서 시작된 통증은 온몸으로 퍼져서 손가락, 발가락, 턱관절까지 아파왔다. 나의 몸이 낯설고 낯선 몸이 두려웠다. 이런 몸으로 아무것도 못하게 되면 어떡하지. 뭔가 실패한 느낌이었다. 무기력하고 막막하고 우울했다. 아무도 만나지 않고 집에만 있었다.

그렇게 여름을 다 보내고 가을로 넘어가던 어느 날이었다. 하루 종일 집안에서 이러지도 못하고 저러지도 못하며 괴로움에 몸을 비틀다 해질녘이 되자 도저히 이렇게는 안 되겠다 싶어서 힘껏 몸을 일으켜 밖으로 나왔다. 30분을 걸어 한강 선유도공원에 도착했다. 마침 달빛무도회라는 행사가 열리고 있었다. 20대의 청년들이 팀을 이루어 댄스 경연을 벌이는 중이었는데 어떤 팀은 뮤지컬, 어떤 팀은 마임, 어떤 팀은 현대 무용 같은 것을 했다. 자유로우면서도 절도있고 여럿이 함께 하나로 움직이는 그들의 몸짓을 경탄하며 바라보았다. 떨림이나 실수조차 아름다웠다. 그들끼리 주고받는 눈빛과 미소가 너무 예쁘고 행복해 보여서 보고 있는 내 가슴이 다 아플 지경이었다. 나는 오랜만에 웃고 있었고 웃는 내가 좋아서 또 한 번 웃으며 생각했다.

'와… 어떻게 인간들한테서 저렇게 빛이 날 수가 있지! 연습하느라 고생이 참 많았겠다. 저렇게 호흡이 잘 맞아 보여도 뒤에선 엄청 싸웠겠지? 그래도 좋았을 거야. 부모들은 쟤들이 춤추는 거 무지 싫어하지 않았을까? 그래도 못 말렸겠지. 저렇게 좋은 걸 어떻게 말려!'

아마도 그 순간 나는 유체이탈 하듯 나의 몸으로부터 빠져나와 지난 시절 노들야학 사람들 속에 있던 나를 바라보고 있었던 것 같다. 그 아름다움에 감탄하던 나는 동시에 이런 느낌에 휩싸였다.

'다시는 저렇게 살 수 없겠구나.'

내가 여기까지 타고 왔던 기차가 나를 내려놓고 저만치 떠나고 있었다. 문득 정신을 차리고 보니 나는 어느 낯선 역에 앉아 있었고 떠나는 기차의 뒷모습을 망연히 바라보고 있었다. 그제야 내가 그것을 타고 여기까지 왔다는 걸 깨달았다. 거기에 타고 있었을 땐 내가 무엇을 타고 있는지도 몰랐던 그 기차가, 말하자면 청춘이었을 거다. 성냥팔이 소녀의 성냥불처럼 청춘이 내 앞에서 눈부시게 빛나다가 순식간에 끝나버렸던 그 순간 오래전 아버지가 했던 말이 떠올랐다. 내가 야학을 하는 게 너무 싫었던 아버지와 야학이 너무 좋았던 나는 오랫동안 사이가 좋지 않았다. 아버지는 내가 세상물정을 모른다고 생각했고 나는 아버지가 속물적이라고 생각했다. 우리가 뱉은 말은 서로를 비켜가며 각자의 인생에 지워지지 않는 흉터를 남겼는데, 왜인지 그날 아버지의 말은 내 가슴에 정확히 꽂혔다.

"청춘이 너를 한정없이 기다려주는 게 아니다. 청춘이 끝나면 너는 후회할 거다. 후회해도 소용없어. 그건 돌아오는 게 아니거든."

아버지가 나를 걱정하고 있다는 느낌이 든 건 그때가 처음이었다. 아버지는 내가 선택한 삶이 나의 열정이 끝났을 때 아무것도 남는 게 없는 것일까봐 걱정하고 있었다. 그날이 바로 아버지가 말했던 그 순간이었다. 청춘의 대부분을 보냈던 노들야학을 그만둔 나는 사막 한가운데 홀로 떨어진 느낌이었다. 가진 것도 없고 어디로 가야 할지도 모른 채 극심한 부상까지 입은 상태였다.

'아… 이렇게 끝나는 거였구나.'

생각보다 그런 순간이 빨리 와서 당황하고 있었다. 그런데 이상한 건 어쩐지 전혀 후회스럽지 않다는 것이었다. 오히려 가슴이 점점 벅차올라서 눈물이 조금 날 것 같았다. 관객이 되어 바라본 내 청춘이 너무 마음에 들었기 때문이었다. 좋은 사람들을 많이 만났고 노들이 아니었다면 절대 보지 못했을 것들을 보았다. 그리고 나는 그 시간을 한 권의 책으로 기록했다. 책을 쓰던 1년의 시간은 남아 있는 애정과 미움을 모두 태워서 충만히 반성하고 후회하는 과정이었다.

글쓰기는 사랑했던 것들을 불멸화하려는 노력이라고 했는데, 나의 글쓰기가 정말로 그랬던 것이다. 나는 떠나는 그 기차를 눈 감고도 그릴 수 있었다. 몇 번째 칸에서 어떤 일이 있었고 어느 정류장에서 누가 타고 내렸는지, 그것이 우리의 방향을 어떻게 조금씩 바꿔 놓았는지에 대해 밤새 이야기할 수 있었다. 내가 쓴 한 시절 우리의 역사는 내 몸에 고스란히 새겨져서 나와 결코 분리될 수 없는 어떤 것이 되어 있었다. 그 시절이 나로부터 영원히 떠나가고 있었지만 전혀 아깝지도, 미련이 들지도 않았다. 오히려 허물을 벗고 빠져나오듯 후련했다. 이제 다른 기차를 타야 하는 것이다. 어떤 기차를 타야 할지는 여전히 알 수 없었지만 똑같은 기차는 오지 않는다는 것을 알았다. 나는 더 이상 오지 않는 기차를 기다리지 않게 되었다.

2.

다음 날부터 도시락을 싸서 도서관에 다니기 시작했다. 기차역 주변을 어슬렁거리며 시간을 보내기로 한 것이다. 매일 팟캐스트를 듣고 유튜브를 보고 책을 읽고 영화를 보며 수시로 멍을 때렸다. 그때처럼 열렬히 세상이 궁금했던 적이 없었다. 도서관에선 주로 신문을 봤다. 신문엔 온통 모르는 것투성이었다. 시리아에선 내전이 일어나 수십만의 난민들이 목숨을 건 탈출을 하고 있었고, 한국은 '헬조선'이란 말이 유행하기 시작했다. 박근혜 정권은 국사 교과서 국정화를 밀어붙이고 있었고 민중총궐기에 참가한 전남 보성의 농민 백남기 씨가 경찰의 물대포에 맞아 쓰러졌다. 광풍이 몰아치고 있는 걸 모두 신문으로 보았다. 사소해 보이는 작은 사건들도 알고 보면 유구한 역사를 가지고 있어서, 고구마 줄기 캐듯 하나씩 하나씩 알아가는 재미에 푹 빠졌다. 작은 야학에서 우물 안 개구리처럼 살다가 갑자기 우물 밖으로 튀어나온 기분이었다. 세상은 넓었고 그 가을은 아름다웠다.

　겨울이 다가오던 어느 날 도서관에서 열린 저자 특강에

참석했다. 요즘 뜨고 있는 관광지를 소개하면서 그 공간에 얽힌 조선시대와 근대의 역사를 알려주는 강의였다. 저자는 자신을 '노는 게 제일 좋은 여가 전문가'라고 소개한 뒤 80-90년대에 여가를 전공으로 유럽 유학을 다녀왔다고 말했다. '세상에! 그런 전문가도 있다니! 세상에! 그런 엄혹한 시절에도 여가 같은 학문으로 유학을 가는 사람이 있었다니!' 하며 나는 두 번 놀랐다. (그가 내 이야기를 듣는다면 '세상에! 요즘 같은 세상에도 야학이 있다니!' 하겠지만.) 그런 충격적인 존재의 강의를 듣고 있는 나의 여가가 너무 마음에 들어서 속으로 '야학 그만두길 정말 잘했어!' 하고 외쳤다. 그날 저자가 소개한 곳은 마침 서울 종로였다. 종로는 노들야학이 있는 곳이었으므로 내 청춘의 고향 같은 곳이었다. 저자가 들려주는 종로 이야기는 모두 처음 듣는 것이었다. 나는 마치 한 번도 종로를 가보지 않은 사람처럼, 종로가 마치 '죽기 전에 한 번은 가봐야 할 명소'라도 되는 것처럼 열심히 필기하며 들었다. 날이 풀리면 꼭 가봐야지, 다짐하면서.

저자가 동대문디자인플라자(DDP)에 대해 설명하기 시작했을 때 나의 기대는 최고조에 이르렀다. DDP는 동대문운동장을 밀고 그 위에 새로 지은 것인데, 마치 도시 한

복판에 불시착한 우주선처럼 거대하고 차갑고 압도적인 은색 건축물이다. 나는 그것을 짓기 위해 쫓겨난 청계천 노점상들이 싸우는 모습을 오며 가며 수년 동안 보았다. 그들 너머로 서서히 형체를 드러내던 DDP는 나에게 단 한 번도 흉물스럽지 않았던 적이 없었다. 그건 마치 뱀에 대한 혐오감처럼 원초적인 감정에 가까웠다. 뱀으로선 몹시 억울한 일이 아닐 수 없고 그건 DDP도 마찬가지일 것이다. 나는 DDP에 대한 편견으로부터 벗어날 기회가 왔다고 생각했다. 그날 DDP가 전시나 쇼 같은 문화행사를 하는 공간이라는 걸 처음 알았다. 그런 기본적인 사실도 모르면서 미워했던 것이다. 저자는 DDP 건축에 세계적으로 유명한 디자이너가 참여했고 비록 5천억이라는 큰돈이 들어서 말이 많긴 했지만 예술적으로도 관광자원으로서도 충분한 가치가 있다고 말했다. 나는 계속 열심히 받아 적었다. 다음엔 저 안으로 한번 들어가봐야지, 그동안 너무 겉만 보았네, 기쁘게 반성하면서.

그러면서 나는 다음에 올 어떤 이야기를 기다리고 있었던 것 같다. 예술적 가치는 훌륭하지만 누군가는 그것 때문에 생존의 터전을 잃었다는 이야기 같은 것 말이다. 청계천 노점상뿐만 아니라 관광지로서 조금 떴다 하는 동네에선 임대료가 폭등하여 쫓겨나는 자영업자들이 늘어나고 있었고, 종로 역시 그중 하나였다. 그가 그 이야기를 하면 눈빛으로 '나는 그 사람들을 직접 봤어요!'라고 화답해 주려고 내 몸이 벌써 준비하고 있었다. 발표 순서를 앞두었을 때처럼 가슴이 쿵쿵댔다. 조선시대에도 능통하고 유럽에 대해서도 잘 아는 저자가 불과 몇 년 전에 서울에서 일어난 일을 모를 리 없다고 생각했던 것 같다. 그러나 강의는 거기서 끝이었다. DDP는 훌륭하고 아름다웠다. 평일 저녁의 여가를 도서관에서 보내는 교양있는 시민들이 DDP의 한 면만 듣고는 돌아가는 걸 보면서 나는 오랫동안 자리를 뜨지 못했다.

저자가 쫓겨난 사람들의 이야기를 하지 않은 데엔 아무런 의도도 느껴지지 않았으므로 나는 몹시 허탈했다. 그런 존재들을 덜 중요하게 생각하는 게 아니라 그저 그의 눈에는 보이지 않는 것 같았다. 집으로 터덜터덜 돌아오는 길에 나에겐 보이고 그에겐 보이지 않는 세상에 대해 생각했다. 그에겐 보이고 나에겐 보이지 않았던 세상에 대해 두 시간 동안 열심히 듣고 돌아오던 길이었다. 우리는 같은 시대, 같은 공간을 살아가고 있지만 그와 나는 아주 다른 시선으로 세상을 보고 경험하고 있었다. 이 이상한 느낌은 뭘까, 하며 계속 곱씹다가 나는 이런 생각을 하게 되었다.

나에게 혹시, 세계관이라는 것이 생긴 것인가?

그러니까 세상은 이렇게 생겼고 우리는 저렇게 해야 한다며 마이크를 잡고 대중을 선동하던 사람들이 갖고 있던 선명하고 단호한 시선 같은 것 말이다. 나로 말할 것 같으면 사흘이 멀다 하고 거리에 나와 세상을 바꿔야 한다고 외치는 '전문 시위꾼'들 사이에서 살아왔으면서도 동시에 마이크를 잡고 구호 외치는 걸 세상에서 제일 두려워하는 사람이었다. 누군가 무대에서 "장애등급제를 폐지하라!" 하고 외치면 그 구호를 따라하면서도 속으론 '정말 그런 세상이 올까?' 생각했다. 장애등급제라는 보이지 않는 제도가 어떻게 사람을 죽이는지에 대해서는 아주 생생하게 보고 있었지만, 동시에 나는 장애등급제가 없는 세상을 상상할 수 없는 사람이기도 했다. 내 눈에 보이지 않는 것을 다른 사람들에게 보라고 외칠 수는 없는 노릇이었고, 그 때문에 나는 내가 활동가로서 적합한 사람이 아니라고 늘 생각해왔다. 애타게 갖고 싶었던 그 무언가가 나에게 생긴 듯한 느낌에 그날 나는 조금 감격했다.

도서관에서 특강을 하던 그가 유럽에서 공부했다면 나

는 노들장애인야학에서 공부했다. 그것은 평생을 방구석과 집안과 시설에 갇혀서 여전히 조선시대를 살아가고 있는 사람들로부터 21세기의 한국 사회를 배웠다는 뜻이다. 그것은 21세기에 대한 인식이 부족한 게 아니라 21세기를 전혀 다르게 겪는다는 뜻이기도 하다. 이제 나는 그것이 이 시대의 가장 중요한 속성이란 걸 안다. 하지만 이전의 나는 내가 우물 안 개구리이기 때문에 우물 밖 세상에 대해 배워야만 세상에 대해 아주 작은 소리로라도 말할 수 있다고 생각했다. 그런데 그날 내가 만난 우물 밖 사람 역시 자기만의 우물 안에 갇힌 듯 보였고, 그게 너무 당연하게 느껴졌다. 내가 그의 세계를 몰랐으니 그도 나의 세계를 모르는 게 공평하다고. 그러니까 인간은 모두 각자의 우물 속에서 살아갈 수밖에 없는 존재이고 세상은 그런 우물들의 총합일 뿐이라고. 더 거대하고 더 유구한 우물이 따로 있는 게 아니라 그저 다른 우물들이 있을 뿐이라고. 그날 나는 나의 우물을 처음으로 바라보았다. 그리고 세계관이란 나의 우물이 어디쯤에 있고 다른 이들의 우물과 어떻게 다르게 생겼는지를 아는 것에서부터 시작하는 것인가 보다 생각했다.

나는 다시 신문을 펼쳤다. 장애인, 형제복지원 피해생존자, 세월호참사의 피해자 같은 내가 아는 사람들의 세상은 거기에 없었다. 나의 우물은, 한 시절 나의 우주는 어디에도 보이지 않았다. '왜 없지? 어떻게 이렇게 없을 수가 있지?' 하며 신문을 넘기다가 금세 나는 또 그것을 의아해하는 내가 이상하다고 생각했다. 노들에서 매일 들으며 살았던 소리들, 나를 힘들게 하고 때론 도망치고 싶게 했던 사람들의 한숨이나 신음, 비명이나 절규 같은 소리는 노들을 그만두자마자 마치 방음설비가 완벽하게 갖춰진 방의 문을 꾸욱 닫고 나왔을 때처럼 감쪽같이 사라졌기 때문이었다. 대신 세상엔 재밌고 신나는 것투성이었다. 노들은 먼지처럼 미미해서 보이지 않았다. 빛나고 화려한 무언가를 위해 기꺼이 쓸어버려도 좋은 어떤 것이 아니라 무엇이 쓸려나가고 있는지도 모르는 그런 존재 같았다.

어떤 시선을 가진다는 것은 한편으론 완고해진다는 뜻이었다. 나는 여전히 특강을 찾아다니며 들었고 자주 물리적 통증 같은 것을 느꼈다. 성장이나 개발, 경제적 이익을 위해 어떤 것의 희생은 감수해야 한다는 뉘앙스가 미미하게라도 느껴지면 그때까지 충실히 받아 적은 강의 노트를 찢어버리고 싶어졌다. 그 즈음부터 뭔가 이야기하고 싶다는 욕구가 나의 작은 우물 속에서 맹렬하게 솟아오르기 시작했다. 그리고 그때 거짓말처럼 한겨레신문사로부터 이 칼럼의 연재를 제안받은 것이었다. 그 시기가 아니었다면 나는 이 어마어마한 제안을 아주 높은 확률로 거절했을 것이다. 콩알만 한 간이 몹시 크게 뛰는 걸 느끼면서 당시 나에게 전화를 걸어 제안해주신 한겨레신문의 안영춘 기자에게 물었다.

"지금은 노들야학을 그만두어서 현장에 있지 않습니다. 백수가 된 제가 뭘 쓸 수 있을까요?"

그가 대답했다.

"그럼 백수가 본 세상에 대해 써주세요."

몹시 급하셨던 모양이다. 어쨌든 나는 그 말이 좋았고 그 말 덕분에 용기를 내보기로 했다. 청춘이 끝난 후에야 비로소 청춘을 바라볼 수 있는 것처럼 나는 정말로 백수가 된 후에야, 그러니까 노들을 그만둔 후에야 노들에 대해 말할 수 있게 되었기 때문이다. 야학을 그만두었을 때 나는 그곳에서 가지고 나온 게 별로 없다고 생각했는데 전혀 그렇지 않았다. '시선'이라는 아주 강력한 것이 나를 따라온 것이었다. 너무나 다행이었다. 살면서 잘한 일을 세 가지 말하라고 하면 나는 이렇게 대답할 것이다. 노들야학을 시작한 것, 노들야학을 그만둔 것, 그리고 그것을 글로 쓴 것. 그곳은 세상의 끝이었으나 거기서 만난 사람들은 그 끝을 최전선으로 만들어 세상의 지평을 넓히는 경이로운 존재들이었다.

3.

글 속의 '나'는 현실의 나보다 더 섬세하고 더 진지하고 더 치열하다. 처음엔 그것이 가식적으로 느껴져 괴롭고 부끄러웠지만 이제는 그것이 이 힘든 글쓰기를 계속해야 하는 이유임을 알게 되었다. 글을 쓸 때 나는 타인의 이야기에 더 귀 기울이고 더 자세히 보려고 애쓰고 작은 것이라도 깨닫기 위해 노력한다. 글을 쓸 때처럼 열심히 감동하고 반성할 때가 없고, 타인에게 힘이 되는 말 한마디를 고심할 때가 없다. 글쓰기는 언제나 두려운 일이지만 내가 쓴 글이 나를 조금 더 나은 방향으로 이끌어줄 거라는 기대 때문에 계속 쓸 수 있었다. 현장을 떠난 나는 사막 한가운데서 길을 잃은 듯 자주 외롭고 막막했다. 예전엔 내 곁에 믿고 따를 만한 화살표 같은 존재들이 많았다는 걸 새삼스럽게 깨닫는 시간이었다. 넘치게 많을 땐 고마운 줄도 모르고 누렸다. 선두에서 방향을 가리키는 사람도, 구호를 선창하거나 성명서를 대신 써주는 사람도 이제 내 옆엔 없다. 글을 쓴다는 건 내 삶의 화살표를 내 손으로 하나 하나 그려나가는 일 같았다.

사람들은 "차별이 사라져서 노들이 필요 없는 세상이 되었으면 좋겠다"는 말을 덕담처럼 했다. 선의로 한 말인 것을 알면서도 나는 그 말에 언제나 저항하고 싶었다. 노들은 차별받은 사람들이기만 한 것이 아니다. 그들은 저항하는 사람들이다. 사람들은 차별받은 사람과 저항하는 사람을 같은 존재라고 여기거나 차별받았으므로 저항하는 게 당연하다고 쉽게 연결 지었다. 하지만 나는 차별받은 존재가 저항하는 존재가 되는 일은 전혀 자연스럽지 않으며 오히려 순리에 어긋나는 일이라고 생각한다. 차별받으면 주눅 들고 고통받으면 숨죽여야 한다. 저항하는 것이 아니라 복종하는 것이 더 자연스럽다. 그러라고 하는 게 차별인 것이다. 모두가 침묵하고 굴종할 때 차별은 당연한 자연현상이 된다.

그 가운데 한 사람이 저항을 시작한다. 그는 김수영의 시에서처럼 "바람보다 늦게 눕고 바람보다 빨리 일어나는" 풀처럼 초자연적인 존재, 그러니까 기적 같은 존재다. 그런 존재 하나를 지켜내고 그가 포기하지 않고 계속 싸울 수 있게 만드는 일은, 말하자면 온 우주와 맞서는 일이다. 나는 그런 경이로운 존재들의 이야기를 쓰고 싶었다. 나에게 자신의 이야기를 들려준 사람들, 신문에서 자신의 비참을 드러내어도 좋다고 허락해준 사람들은 모두 이 세상의 거대한 비참과 불의에 저항하는 기적 같은 존재들이다. 내가 쓴 글들은 모두 그들에 대한 존경과 감탄에서 나온 것들이다. 나는 그들이 부디 사라지지 않기를 바란다. 싸우는 사람이 사라졌다는 건 세상의 차별과 고통이 사라졌다는 뜻이 아니라 세상이 곧 망할 거라는 징조이기 때문이다.

글이라는 현장을 가질 수 있게 귀한 지면을 제안해준 한겨레신문과 나의 친애하는 노들야학 사람들, 그리고 기록활동 동료들에게 감사한다. 이 글은 전적으로 그들 덕분에 쓰여진 것이다. 살면서 제대로 인사를 전한 적 없는 부모님께도 이 기회를 빌려 고마움을 전하고 싶다. 무엇보다 나의 가장 좋은 친구이자 배우자인 교현에게 내가 보낼 수 있는 가장 큰 사랑과 우정을 보낸다. 그가 없었다면 이 외롭고 두려운 글쓰기를 여기까지 해오지 못했을 것이다. 지난해 갑자기 등장해 나의 세계를 가장 혁명적으로 확장시켜준 고양이 카라와 홍시에게도 고마움을 전한다. 야옹. 이 책 마지막 장의 여러 편의 글은 모두 이들 덕분에 보게 된 새로운 세상의 이야기다. 인간으로 시작해 동물의 이야기로 마무리하게 되어 기쁘다. 이 사회의 들리지 않는 소리를 기록하고자 했던 인권기록활동의 자연스러운 확장이자 연대라고 생각한다. 끝으로 5년간 이 느리고 게으른 글쓰기를 변함없이 독려해준 봄날의책 박지홍 대표와 예쁜 책을 만들기 위해 애써주신 디자이너 공미경 님, 그리고 표지그림을 그려 주신 이명애 님께 고마움을 전한다.

2020년 9월
카라, 홍시, 교현의 곁에서 홍은전

단원고 416교실이 철거될 수 있다는 소식을 듣고 주말에 안산 단원고등학교를 찾았다. 건물 입구에서 한참을 서성일 때 나는 내 몸이 잔뜩 긴장해 있다는 사실을 깨달았다. 속이 좋지 않았다. 심호흡을 하며 이정표를 따라 계단을 오르자 2학년 10반 교실이 나타났다. 노란 꽃다발과 자잘한 소품이 놓인 책상들이 단정하게 줄지어 있었다. 천근같이 무거운 발걸음을 떼어 교실 안으로 들어서자 꽃다발 사이사이에서 싱그럽게 웃는 소녀들의 사진이 눈에 들어왔다. 순간 작년 5월 이들의 영정을 껴안고 청운동 길바닥에 앉아 있던 부모들의 텅 빈 눈을 처음 보았을 때처럼 '우욱' 하고 울음이 게워져 나왔다. 나는 순식간에 2014년 4월 15일 이 교실을 왁자지껄하게 채웠던 스무 명의 소녀들에게 둘러싸였다.

　그날 오후 마지막 아이가 이곳을 빠져나간 후 교실은 그대로 화석처럼 굳어버렸다. 간절한 기도가 깨지고 참혹한 시간이 흘러 소녀들은 하나둘씩 영정으로 돌아왔고, 그 뒤로 창자가 끊어질 듯한 부모들의 통곡 소리와 죽음의 문턱에서 살아 돌아온 아이들의 흐느낌이 번갈아 이곳을 채웠다. 그리고 울음소리가 잦아들 무렵 교실의 시간은 세상의 시간을 거슬러 흐르기 시작했다. 진실을 밝히려는 부모들의 그칠 줄 모르는 싸움과 416을 잊지 않겠다는 시민들의 기억투쟁이 교실에 온기를 불어넣었다. 시간이 멈춘 교실 위로 그리움과 결연함, 희망과 저항의 지층들이 켜켜이 쌓였고, 다시 그 위로 꽃이 피고 나비가 날았다. 참사 600일의 이야기를 고스란히 품은 이곳이 지금 사라질 위기에 처했다. 교육청은 다가올 1월 세월호 희생자들의 명예졸업식을 끝으로 교실을 철거하겠다는 입장을 전했다.

 '학교는 교육을 하는 곳이고 교실은 재학생을 위한 것이며 죽은 이들의 흔적을 그대로 두는 것은 재학생들에게 너무 가혹한 처사'이기 때문이라고 했다. 그러나 이렇게도 말할 수 있을 것이다. 교육은 추모를 포함해야 하고 재학생을 위해서라도 교실은 반드시 보존해야 하며, 희생자들의 흔적을 깨끗이 지워버린 교실에서 아무 일도 없었다는 듯 진행되는 입시교육이란 더욱 가혹한 것이라고. '416을 지우려는 것이 아니라 단지 교육과 추모를 분리하는 것'이라고 학교는 말하지만 유가족은 알고 있다. '당신들은 구조를 모른다'고 팽목항에서 유가족을 가로막던 이들이, '당신들은 법을 모른다'며 국회에서 유가족을 모욕했던 이들이 이제 학교 앞으로 몰려왔을 뿐이라는 걸. 아무도 죽이지 않았는데 모두가 죽은 것처럼 누구도 지우지 않았는데 도처에서 세월호는 사라지고 있다.

2학년 6반 교실의 시계가 8시 45분에 멈춰 있었다. 누군가 8시 50분에 맞춰둔 것을, 뒤에 온 어떤 이가 조금 더 당겨놓은 거라고 나는 생각했다. 아직은 모두가 따뜻하게 살아 있었던 때. '가만히 있으라'는 죽음의 주술이 울려 퍼지기 전. 그리하여 무언가를 바꿀 일말의 가능성이 남아 있는 시간. 8시 45분 단원고 교실에서 우리는 배워야 한다. 8시 50분 이후 우리에게 일어날 일들에 대해서. 저 무능하고 이기적인 인간들이 304명의 목숨을 수장시킨 후에 가장 먼저 한 것이 바로 기록을 삭제하는 일이었다는 걸. 그리하여 1년 후 우리는 보게 되었다. 그들이 마침내 제 자신의 기억마저 바꾸어버리는 것을. 그러니 아직도 세월호에 남아 시시각각 사라지고 있는 이 교실의 주인 남현철, 박영인의 자리에 앉아서 배워야 한다. 우리가 이 교실을 지켜야 하는 이유에 대해서 말이다. (2015. 12. 28)

당신들의 평화

서대문형무소에는 '벽관'이라는 것이 있었다. 벽에 서 있는 관이라는 뜻이지만 죽은 사람이 아니라 산 사람을 넣었다. 갇히면 다리가 저리고 허리가 잘릴 듯 아프며 정신이 돌아버렸다. 사회주의 운동가 이재유는 일제의 재판에 불복하여 항소하려다 이곳에 갇힌 지 14시간 만에 그 뜻을 접었다. 노들야학 학생이었던 조현성은 꽃동네에 산다. 8년째 침대 밖을 벗어나본 적이 거의 없다. 밥도 누워서 먹는다. 반찬은 잘게 다져 국에 말아 준다. 작은 일은 소변 줄로, 큰일은 관장으로 해결된다. 엉덩이가 저려올 즈음 직원이 체위를 바꿔준다. 정신이 돌아버릴 때쯤 자원봉사자들이 찾아온다. 이것은 지속 가능한 벽관이다.

입소 후 4년 만에 만난 그는 우리에게 '배가 고프다' 했다. 감자탕을 양껏 먹은 후 그는 어머니에게 전화를 걸어 달라 했다. 그리운 목소리를 들으며 늑대처럼 '우, 우' 소리를 냈다. 감당할 자신이 없었으므로 우리는 끝내 그에게 '나가고 싶으냐' 묻지 않았다. 대신 '지낼만 하느냐'고 물었고, 그는 힘없이 긍정했다. 초등학교 입학을 거부당한 후 그를 반겨주는 곳은 어디에도 없었다. 서른이 넘어 술을 배웠고 장애는 빠르게 악화되었다. 그럴수록 더욱더 술을 찾았다. 경찰이 거리에 널브러져 있는 그를 가난한 어머니에게 인도하는 일이 반복되었다. 얼마 후 그는 시설에 보내졌다.

연말정산 철마다 그를 찾았다. 그리고 작년 겨울 그가 결국 말하고 말았다.

"나가고 싶어."

시설 측은 가족의 허락을 받아오라고 했다. 가족은 물론 반대할 것이다. 그럼에도 나가고 싶다는 그에게 나는 열 번 스무 번 고쳐 물었다.

"정말 할 수 있겠어요?"

사실 그는 가족의 허락 없이도 퇴소할 수 있고 주거와 정착금도 받을 수 있다. 시설이 그것을 모를 리 없다. 이 벽관의 문이 오래전에 풀렸다는 걸 갇힌 사람들만 모른다. 그러니 질문은 실상 나를 향한 것이다. 벽관 앞을 가로막고 있는 저 앙상한 어머니를 밀칠 자신이 있는지. 문을 열면 곧장 나를 덮쳐올 그를 업고 얼마간 전력 질주할 체력이 있는지. 그의 손에 술이 아닌 다른 것을 쥐게 할 대안이 있는지. 나는 자신이 없었다.

어머니는 우리를 피했다.

"잘 지내고 있는 사람 흔들지 마세요."

애원은 점점 호통으로 변했다. 닫힌 문 너머에 어머니의 일상이 있었다. 그것 또한 지켜져야 했으므로 나는 얌전히 돌아섰다. 그에겐 '어쩔 수 없다' 전하고 다음번 연말정산 철을 기약할 작정이었다. 그때 함께 간 동료가 어머니의 집 문틈으로 편지를 밀어 넣었다.

"허락지 않으셔도 우리는 하겠습니다."

순간 나는 그녀가 벽관의 문을 여는 것을 보았다. 내가 온갖 사람들의 평화를 계산하는 동안 그녀는 그 계산에서 빠진 단 한 사람을 보며 그저 신발 끈을 묶었다. 부끄러웠고 부러웠다. 그녀는 멋있었다. 그런 방식으로 수십 명의 탈출을 도와온 그녀는 싸움닭처럼 세상을 들이받으며 시설 바깥에 그들의 자리를 만들어냈다.

소록도 100주년을 맞아 고흥군이 40여 년간 한센인들을 돌보았던 마리안느와 마가렛 수녀를 노벨평화상에 추천한다고 한다. 한센 병력으로 인해 격리된 사람들의 섬 소록도는 오랜 세월 차별과 폭력, 단종과 학살이 자행된 인권의 사각지대이자 침묵의 땅이었다. 수녀님과 같은 이들이 있어 갇힌 사람들은 고통을 덜었을 것이나, 덕분에 그 고통은 100년이나 지속되었다. 그 지속 가능함은 분명 어떤 평화에 기여했을 것이나, 그것은 실상 갇힌 사람들이 아니라 가둔 사람들, 소록도가 아니라 소록도에서 바라본

육지의 것이 아니었던가. 오래전에 깨어지는 게 더 좋았을 '당신들의 평화' 말이다. (2016. 1. 25)

어디에서도 들을 수 없는 이야기

몇 달 전 어느 워크숍에 갔다가 어떤 기록에 관한 이야기를 들었다. 그것은 어느 기록자가 남성 동성애자이면서 동시에 '인간면역결핍바이러스(HIV)/후천성면역결핍증(AIDS·에이즈)' 감염인을 인터뷰해 그 생애를 기록한 것이었다. 애초 소수의 당사자들끼리만 공유하기로 약속된 것이었는데, 한 신문사가 그 내용을 입수해 악의적으로 편집하여 '동성애 혐오 보도'에 이용했다. 큰 상처를 받은 인터뷰 당사자는 기록자에게 거세게 항의했고, 둘은 결국 아무도 이 기록을 볼 수 없도록 기록 자체를 영원히 봉인하기로 약속했다는 것이었다. 거기까지 들었을 때 나는 자세를 고쳐 앉았다.

기록 활동을 해본 적이 있어 그 희열과 고통을 안다. 읽어줄 이가 단 한 명만 있어도 고통을 감수할 수 있다. 이야기는 들어줄 사람을 찾아 이동하며 자신의 운명을 살아간다. 그것은 구술자나 기록자가 어찌할 수 있는 일이 아니다. 그런데 아직 펄떡펄떡 살아 있었을 그 이야기를, 제 고통과 제 희열, 제 생애에 다름 아닌 그것을 봉인한다는 것이 대체 무슨 뜻인가. 어떤 이야기는 살아남고 어떤 이야기는 사라지지만 어떤 이야기도 살해당했다는 소리는 듣지 못했다. 그때 나는 그들에게 가해지는 억압의 형태와

수준을 어렴풋하게 보았던 것 같다. 이야기는 살해됨으로써 더욱 강력한 이야기로 다시 태어났다.

그로부터 한 달 후 나는 'HIV/AIDS 낙인 지표 조사'의 조사원 교육에 강의를 요청받았다. 조사원 모두 감염인이라고 했다. 강의 일주일 전 담당자를 찾아가 에이즈에 대한 나의 무지와 공포를 고백한 후 책을 한 권 받아 돌아왔다. 동성애자이며 에이즈 감염인인 윤가브리엘이 쓴 《하늘을 듣는다》였다. 책 속에는 자신의 성정체성을 찾아가는 과정과 짧았던 사랑, 홀로 감당했던 긴 투병의 고통과 서럽게 죽어가는 감염인의 현실에 대한 분노, 거대한 권력에 맞서 '약 먹을 권리'를 요구하며 투쟁하는 비참과 절박함, 함께 싸워준 사람들에 대한 절절한 고마움이 마치 혈관 속까지 비칠 듯한 하얀 피부처럼 창백하고 섬세하게 기록되어 있었다. '어떤 이는 죄인을 읽고 가고 어떤 이는 천치를 읽고 가도' 그는 아무것도 뉘우치지 않았고, 그리하여 세상에 내놓을 수 있었던 이 차갑고 맑은 이야기에는 그의 피눈물이 춤을 추었다. 그것은 나처럼 무지한 사람의 눈에는 보이지 않는, 그러나 세상 도처에 널린 폭력을 그려내고 있었다. 나는 천치가 되고 죄인이 된 기분으로 오들오들 떨며 교육장에 섰다.

그곳에서 만난 또 다른 '윤가브리엘들'은 예상과 달리 매우 유쾌하고 진지하며 열의에 넘쳤다. 게다가 내 무의식이 어떻게 생겼는지를 보여주려는 듯 40, 50대 남성에 대한 내 소박한 기대를 연신 비껴갔다. 여성적인 말투나 부드러운 손짓뿐 아니라 쉬는 시간이 되자 나에게 다가와 비스킷 한 봉지를 까서 내미는 다감함도 그랬고, 내가 활동하는 야학에 놀러가도 되느냐고 수줍게 물어보는 태도도 그랬다. 한 '아저씨'가 강의 잘 들었다며 네 잎 클로버가 코팅된 책갈피를 건넸을 즈음 나는 완전히 무장해제되었다. 그들의 존재는 새로운 정보가 아니라 나의 세계를 와르르 무너뜨리며 다가온 새로운 세계였고, 이성애 중심의 성적 규범에 대해 근본적 질문을 던지며 찾아온 어마어마한 방문객이었다.

3월부터 HIV/AIDS 낙인 지표 조사가 시작된다. 감염인 당사자가 직접 자신들의 숨겨진 이야기를 세상에 전해올 것이다. 당사자들만이 할 수 있는 기쁨과 슬픔의 이야기가 그 정확하고 섬세한 언어 그대로 반드시 살아서 오기를 바란다. 이 사회가 그들 삶에 대한 난폭한 난도질을 그만두어서 그들이 결코 숨길 수 없는 것들을 숨기느라 자신의 귀한 생을 다 써버리지 않기를, 세상 어디에서도 들

을 수 없었던 그 이야기가 꼭 필요한 사람들에게 무사히
도착할 수 있기를 온 마음을 다해 응원하며 기다리겠다.

(2016. 2. 29)

과속 사회의 희생양

얼마 전 아버지가 접촉사고를 냈다. 앞에 가던 택시가 급정거를 했지만 대응이 늦었다. "차도 늙고 사람도 늙어 그랬다"는 아버지에게 "안전거리를 지켰어야죠" 했더니 차가 너무 많아서 그런 거 다 지키다간 욕먹기 십상이란다.

"그런 걸 안 지키니까 사람이 죽잖아요."

내 목소리가 떨리자 아버지는 말이 없었다. 그날은 큰언니와 형부의 기일이었다. 10년 전 고속도로에서 과속하던 트럭이 단속 카메라를 보고 급하게 속도를 줄이다가 차선을 넘어와 언니의 차와 부딪쳤다. 뒤이어 달려오던 두 대의 차가 다시 사고 현장을 들이받았다. 뉴스에서 감흥 없이 흘려보내던 불행이 난데없이 내 집 문을 두드렸던 밤, 두 사람은 결혼 후 한 달 만에 부모님을 뵈러 가던 길이었다.

아버지는 언니의 납골을 하지 않았다.

"산 사람은 살아야지."

죽은 자식이 산 자식의 짐이 되는 것도, 산 자식이 죽은 자식을 방치하는 것도 두려웠을 아버지는 죽은 딸을 당신 가슴 속에 묻었다.

"남의 인생까지 망칠 수는 없지."

합의금으로 받은 돈을 남은 자식들에게 나눠주며 아버

지가 말했다.

"죽은 자식은 산 자식 거름이란다."

분투하던 청춘들이 단숨에 죽어 사라졌는데 원망할 사람 하나 없었으므로 나는 그것이 두 사람의 운명이라 생각했다. 그렇지 않고서는 그 무고한 죽음을 받아들일 방법이 없었다.

그 죽음을 달리 바라보게 된 것은 세월호참사 후였다. 나는 문득 내 옆에서 사라진 사람들을 헤아려보다가 그 수가 적지 않음에 깜짝 놀랐다. 하지만 더 놀라웠던 건 각각의 운명으로 달려간 듯 보였던 그 죽음들을 하나하나 연결해나가자 그것이 '헬조선'의 통계들과 무섭도록 일치했다는 것이다. 지인의 가족들이거나 가족의 지인들이었던 그들은 하나같이 젊었고, 병들어 천천히 죽어간 것이 아니라 자살과 산재와 교통사고로 순식간에 세상을 떠났다. 신문에서나 볼 법했던 죽음들이 일상 도처에 육박해 있었다. 나는 그들이 새로 난 고속도로에서 무참히 차에 치여 죽는 고라니들처럼 이 폭주하는 사회의 희생양들임을 깨달았다.

"부모가 무능해서 그랬다."

아버지의 회한이 고장 난 시계처럼 10년째 그 자리에 머물러 있을 때, 나는 두 사람이 '자동차가 아이보다 더 많이 태어나는 사회'의 운명을 끝내 피할 수 없었을지 모른다고 생각했다. 촘촘하게 과속하는 사회에서 촘촘하게 고통이 전가된다. 제 속도를 고집하며 안전거리를 유지하는 일은 욕먹기 십상이므로 사람들은 걸림돌이 되지 않기 위해서라도 누군가를 몰아붙인다. 더 이상 고통을 전가할 곳 없는 이들이 벼랑 끝에 매달려 있고 위로받지 못한 영혼들이 스스로 몸을 던진다. 죽음이 일상이 되었으나 책임을 추궁하는 일은 부질없다. 위로나 용서는 돈이 합의하는 것이다. 사람들은 최저가로 남의 인생을 망치고도 지체 없이 시동을 건다. 산 사람은 달려야 한다.

4월 20일 장애인차별철폐의 날을 앞두고 전국 곳곳에서 투쟁이 시작되었다. 지난 25일 이들이 서울 마포대교를 막고 느릿느릿 행진을 이어가자, 30분 발목이 묶인 이들이 30년간 갇혀 산 사람들을 향해 끔찍한 살기를 뿜어냈다. 그러나 그들은 십수 년간 장애인들이 시종 저항해온 것이 바로 이 사회의 야만적 질주이며, 신경질적으로 경적을 울려대는 그 순간에도 자신들의 목숨이 이 고라니 같은 존재들에 의해 얼마간 연장되고 있다는 사실을 알아야 한다. 폭주하는 사회에서 단속을 피하려는 누군가의 꼼수와 속도위반, 그리고 안전거리 미확보 따위가 운명적으로 만나는 날엔 고라니뿐만 아니라 조금 전까지 사랑을 속삭이던 젊고 건장하고 무고한 사람들 또한 살아남을 가망이 별로 없기 때문이다. (2016. 3. 28)

나의 깃발

노들야학 사람들이 야학 학생 김호성이 죽었다는 소식을 들은 건 그의 장례가 끝난 직후였다. 갑작스러운 부음도 믿기 어려웠지만, 그가 이미 화장되어 납골당에 안치되었다는 사실에 우리는 모두 할 말을 잃었다. 사흘 전 그는 소주 세 병을 마신 후 축 늘어진 채 잠이 들었고 그날 밤 심장마비로 세상을 떠났다고 했다. 그의 죽음을 발견한 활동보조인은 충격에 빠져 어찌할 줄 몰랐다 했고, 가족들은 그가 '혼자'의 몸이었으므로 빈소를 차리지 않으려다가 기초생활수급자 장례지원단의 설득으로 그나마 삼일장을 치렀다고 했다. 그리고 하필 그날 그의 핸드폰이 켜지지 않아서 연락할 수 없었다고 했다. 쉽게 납득하기 어려운 우연들이 겹쳐 그는 15년을 함께 보낸 벗들과 단 사흘의 이별의식조차 갖지 못한 채 세상을 떠났다.

2001년 그를 처음 만났다. 뇌병변 장애인인 그는 학교를 다니지 못했고 술에 취하면 자신을 때리던 형제에 대한 상처가 있었다. 열아홉에 복지관에 나가 한글을 배우기 시작했으나 속도가 더딘 그는 거기서도 배제되었다. 장애인의 날, 직원들이 장애인들의 머릿수를 센 후 차에 태워 올림픽공원에 풀어놓는 걸 보고 '천사 짓'을 그만두었다고 했다. 서른이 되어 야학에 다니기 시작했을 때 그가 원했던 건 '사람들이 자신을 함부로 대하지 않게 하는 법을 찾는 것'이었다. 그는 술과 이야기를 좋아하는 유쾌한 사람이었다. 한글은 좀처럼 늘지 않았으나 누구보다 배움을 갈구했다. 몇 년 전 독립했고 술을 많이 마셨고 자주 넘어졌다. 상처를 달고 살았다.

만날 때마다 낄낄대며 타박했던 그가 이렇게 감쪽같이 사라질 수 있는 사람이었다는 걸 그의 죽음이 적나라하게 깨우쳐주던 밤, 후회인지 그리움인지 알 수 없는 감정에 휩싸여 어린아이처럼 목 놓아 울었다. 그는 술을 끊었다가 얼마 전부터 다시 마셨다고 했다. 빈속에 부어댄 술의 숙취보다 끔찍한 것은 자꾸만 실패하는 못난 자신을 견디는 일이었을 것이다. 마지막으로 야학에 왔던 날, 그는 몸이 아팠다고 했다. 집으로 돌아간 그는 그 아픈 몸에 사흘 동안 술을 부었다. 작은 방 한편에 축 늘어진 채 잠들어 있는 그의 곁에 아무도 없었다는 것이 참을 수 없이 슬펐다. 그들의 삶을 모르지 않았다. 알면 알수록 감당하기 어려웠으므로 열심히 도망치듯 살아오지 않았나. 그러나 안다고도 할 수 없었다. 알았더라면 그 삶에 그토록 함부로 훈수를 두지는 않았을 것이다.

뒤늦게 야학에서 마련한 추모제에서 영상 속 그를 보았

다. 그는 니체를 읽었고, 연극을 했다. 텃밭에 가서 열무를 뽑았고, 초등학교에 가서 인권 교육을 했다. 그것들은 모두 학생들의 깊은 무기력과 냉소, 우울과 싸워보겠다고 교사들이 기를 쓰고 만들어낸 것들이었다. 사람들은 당시의 기쁨과 희망, 짜증과 실망을 떠올리며 희미하게 웃었다. 우리는 그가 우리에게 남겨준 빛나는 추억을 보고 있었으나 동시에 그가 홀로 견뎌야 했을 외로움과 공허, 환멸의 깊이를 보고 있었다. 그의 삶이 밑 빠진 독 같았다. 일개 야학의 노력으로는 결코 채울 수 없는 거대한 결핍. 그에겐 왜 그만큼의 기회밖에 주어지지 않았나.

뒤늦게 새로운 삶을 꿈꾸며 그들은 가족과 시설로부터 자립했다. 그러나 가족에게 소외되고 학교로부터 거부당하고 일자리를 얻지 못해 생긴 그들 삶의 거대한 공백은 몇 개의 복지 프로그램으로는 절대 해결될 수 없는 것이다. 사방이 꽉 막힌 삶. 그는 출구의 열쇠를 얻고 싶어 했다. 야학을 한다는 건 그와 함께 니체를 읽고 연극을 하며 열쇠 찾기를 멈추지 않는 것이었고, 우리에게 장애인 운동이란 기어이 출구를 만들어내는 일이었다. 4월 7일, 우리의 깃발 하나가 사라졌다. 무력함을 견디며 쓴다. (2016. 4. 25)

세월호참사 단원고 생존학생 조태준(가명)은 길을 가다 어린아이를 보면 '그 아이'의 얼굴이 보인다. 세월호 미수습자인 여섯 살 권혁규 어린이. 조태준은 배에서 구조되어 병원에서 치료를 받던 중 뉴스에서 오빠 권혁규를 찾고 있는 동생을 보았다. 조태준은 그 오빠의 마지막을 알고 있었으므로 동생에게 보낼 편지를 썼다. 그러나 차마 부칠 수가 없었다.

"제가 살인자 같은 거예요."

세월호참사 작가기록단이 펴낸 두 번째 책《다시 봄이 올 거예요》에는 단원고 생존학생들이 차마 전할 수 없어 가슴속에 꾹꾹 눌러두었던 이야기들이 담겨 있다.

세월호가 갑자기 기울었던 그 아침, 조태준은 상황을 알아보기 위해 객실을 빠져나왔다. 그때 복도에서 울고 있는 꼬마 오누이를 보았고 남자아이에게 다가가 안아주었다. "형, 우리 죽어요?"라고 묻는 아이를 달래며 약속했다.

"아니야, 형아가 너를 살릴게."

위에서 '세월호 의인' 김동수 씨가 소방호스를 던졌다. 아이를 안고 올라가려던 그를 주변에 있던 어른들이 그건 힘드니까 혼자 가야 한다며 말렸다. 그는 혼자 올라가 다음 사람들을 끌어당겨주었다. 뒤이어 줄을 잡고 올라오는 사람들은 모두 어른들이었다. 줄을 놓친 사람들이 물속으로 빨려 들어갔다. 그는 팔뚝의 핏줄이 다 터지도록 죽을 힘을 다해 사람들의 손을 잡아 끌어올렸다.

그 시각 배는 완전히 뒤집어져 출구조차 빠르게 잠기고 있었다. 물이 목까지 차올랐을 때 조태준은 간신히 꼬마 여동생의 손을 잡았다. 그는 공포에 질린 여동생의 표정과 저편에서 계속 조태준만 바라보고 있던 그 오빠의 얼굴을 번갈아 보며 생각했다.

'여기가 지옥일까.'

그가 여동생을 끌어올리기 위해 사투를 벌이는 동안 배는 더 가라앉았고, 오빠의 차례가 되었을 땐 이미 늦어 있었다. 아무리 뻗어도 손이 닿지 않았다. 순간 그는 모든 걸 포기하고 싶었다. 살아 돌아간다 해도 그를 기다리는 건 아버지가 폭력을 휘두르는 세계. 사는 것도 어차피 지옥이었다. 그는 붙들고 있던 난간을 가만히 놓았다. 그러나 그때 구명조끼가 벗겨질 듯 위태로운 한 여학생이 그의 눈에 들어왔다. 그는 정신을 차리고 여학생을 안고 올라와 마지막으로 구조되었다.

그의 이야기에는 생존학생들이 무엇을 견디며 살아왔는지가 생생히 담겨 있다. 오누이의 삶과 죽음을 한순간에 갈라놓으며 기울어진 세계에 대한 공포, 아이보다 먼저 올라오는 어른들의 지옥, "형, 나 죽어요?"라고 묻는 꼬마 아이의 얼굴. 그것들은 놓쳐버린 누군가의 손이나 뻗어도 뻗어도 닿지 않는 빈손의 감각처럼 그들 몸에 각인되어 있다. 나는 죄책감이란 것이 '먼저 달아난 사람'의 감정인 줄로만 여겼는데 그것이 '누군가를 구하려다 실패한 사람'의 것일수록 더욱 고통스럽고 지독할 수 있음을 알았다. 실은 죄에 대한 책임감이 아니라 누군가의 마지막을 목격한 것에 대한 책임감일 것이다.

그들이 10대의 마지막 터널을 지나 스무 살이 되었다. 위로를 하려면 그들이 무엇을 견디고 있는지 알아야 하고, 응원하기 위해선 그들이 어디까지 와 있는지를 보아야 한다. 우리 사회가 들을 준비가 되어 있지 않았으므로 그들이 차마 부치지 못했던 편지에는 우리가 알아야 할 세월호의 가장 중요한 진실들이 담겨 있다. 그들은 희생자들을 모욕하고 생존자들의 죄책감마저 조롱하는 허약하고 비겁한 사람들의 손가락질에 상처받았지만, 그 슬픔의 바다에서 사람을 구하는 것 또한 결국 누군가가 내민 손이라는 것을 온몸으로 증언한다. 그들은 고통을 해석하는 힘이 있고 그 슬픔이 자신을 보다 성숙한 곳으로 데려갈 것임을 알고 있다. 2년 만에 힘겹게 부친 그들의 편지에 많은 사람이 답장해주길 바란다. (2016. 5. 23)

혹독하게 자유로운

8월이면 노들야학 학생 꽃님 씨가 시설에서 나온 지 꼭 10년이 된다. 파란 많았던 그 시간을 기념하기 위해 꽃님 씨는 자신만의 의식을 준비했다. 그것은 그녀가 시설에서 나와 정착할 수 있도록 도와준 두 단체('장애와인권발바닥행동'과 '노들')에 기부금을 내는 일. 그런데 그 금액이 자그마치 2천만 원이다. 그녀가 얼마나 지독한 자린고비였는지 익히 알고 있던 나는 눈이 휘둥그레져서 말했다.

"그 돈을 우리가 어떻게 받아요!"

그러자 그녀는 이 순간을 위해 10년을 기다려왔다는 듯 단호하게 말했다.

"너희들 예뻐서 주는 거 아니여. 시설에 있는 사람들, 한 명이라도 더 데리고 나오라고 주는 겨."

꽃님 씨는 손가락 하나 까딱할 수 없는 중증장애인이다. 전라남도 영광에서 태어났으나 바다 한 번 보지 못하고 40년을 방 안에서만 살았다. 마흔한 살 되던 해, 가족에게 짐이 되기 싫어 시설에 들어갔다. 그녀는 여전히 갇혀 지냈고 원장은 종종 그녀에게 밥을 주지 않는 벌을 내렸다. 2016년의 꽃님 씨는 말했다.

"거긴 사람 살 곳이 못 돼."

하지만 2006년의 그녀는 실태조사를 나온 인권활동가

에게 '이곳 생활에 만족한다'고 대답했다. 활동가는 떠나도 그녀는 거기서 계속 살아야 했기 때문이었다. 그러나 원장이 그녀에게 억울한 누명을 씌워 몰아세우는 일이 반복되자 꽃님 씨는 더 이상 견딜 수가 없었다.

"미쳐가는 기분 아남? 3년을 살았는데 꼭 300년을 산 기분이었제."

그녀는 인권활동가에게 전화를 걸었다.

"나 좀 데리고 가주면 안 되겠소."

활동가들은 선뜻 답을 할 수 없었다. 중증장애인이 혼자 살 수 있는 사회적 조건이 너무도 열악했다. 그러나 꽃님 씨의 계속된 구조 요청을 외면할 수 없었던 활동가들은 일단 부딪혀보기로 했다. 2006년 8월, 꽃님 씨는 낯선 활동가들을 따라 생면부지의 땅 서울에 도착했다. 그렇게 기적과도 같은 자유를 만났다.

자유의 대가는 혹독했다. 활동보조서비스가 부족해 하루 한 끼밖에 못 먹던 시절이 있었고, 룸메이트였던 장애여성이 화재로 죽었다는 소식을 듣고 공포에 짓눌려 밤을 지새우던 시절이 있었다. 턱없이 비싼 월세를 내면서도 언제 쫓겨날지 몰라 전전긍긍하던 시절이 있었고, 고대하던 영구임대아파트에 당첨되어 입주했으나 야학과의 거리가 너무 멀어서 휴학을 하고 다시 집 안에만 갇혀 지내던 시절이 있었다. 딱 한 번만이라도 누군가를 붙들고 펑펑 울어봤으면 좋겠다고 생각하던 시절이 있었고, 의지하고 싶은 친구를 만나 잠시 다정했으나 그가 세상을 떠나고 더 외로워진 시절이 있었다. 그녀는 그 모든 시간을 부딪쳐 살아냈고, 힘들게 얻은 자유를 사랑했다.

"나는 행복해. 그런데 나만 이렇게 행복하면 너무 미안하잖여."

모욕적인 자선을 거부하고 위태롭지만 당당한 자립을 선택한 그녀. 그리고 혹독하게 자유로웠던 10년의 증거, 2천만 원. 매월 20만 원씩 차곡차곡 모았던 그 행위는 평생 자신에게 씌어졌던 '쓸모없는 존재'라는 누명을 벗기 위한 그녀만의 의식이 아니었을지. 10년 전 활동가들의 손에 이끌려 서울에 도착한 꽃님 씨가 이제는 반대로 활동가들의 등을 떠민다.

"어서 가서 한 사람이라도 더 데려와. 차비는 내가 줄 테니까."

아름다운 역전!

꽃님 씨의 탈시설 10주년과 '장애와인권발바닥행동'의 탈시설 운동 11주년을 함께 축하한다. 용감했던 그들이 온몸을 던져 살아온 10년 동안 '시설 수용' 일변도였던 장애인 정책에 균열이 생기고 '탈시설-자립생활'이라는 새롭고 정의로운 흐름이 만들어졌다. 두 단체는 그녀의 기부금을 탈시설-자립생활을 위한 '꽃님 기금'으로 조성하여 탈시설 운동에 사용할 계획이다. 많은 사람이 함께해주면 좋겠다. (2016. 7. 18)

무지개를 보려면

서울 광화문역 지하보도에는 장애등급제·부양의무제 폐지를 위한 농성장이 있다. 지난 5월 그곳을 지키며 서명을 받던 날이 있었다. 착오가 생겨 저녁 8시에 와야 할 교대자가 10시에 오게 되었다고, 농성단 집행위원 H가 전화로 전했다. 한껏 미안한 목소리로 그녀는 나에게 '두 시간 더 있어줄 수 있느냐' 물었고, 나는 약속이 있어 그럴 수 없다고 대답했다. H는 대타를 구해보겠다며 그때까지만 있어달라 부탁하고는 전화를 끊었다. 나는 농성장을 눈으로 훑어보며 '훔쳐갈 것도 없어 보이는데…'라고 생각하면서도 이 농성장이 4년 동안 이렇게 빈틈없이 채워져 왔다는 사실에 적이 감동했다. 월요일 저녁 8시 반, 나는 인적이 뜸해진 광화문역 지하보도에 앉아 하릴없이 다음에 올 누군가를 기다리고 있었다. 맞은편에도 나처럼 이곳을 떠나지 못하는 사람들이 있었다. 죽은 자들이었다.

영정이 걸린 농성장들이 있다. 그 농성들은 그 죽음으로부터 시작되었을 것이다. 그러나 이곳은 달랐다. 농성이 시작되자 죽은 자들이 찾아왔다. 그들은 어느새 열둘. 그중 여섯 명은 이곳에 앉아 서명운동을 하던 사람들이다. 지병이 있었던 것도 돌연한 교통사고를 당한 것도 아닌 그들이 하나둘씩 저쪽 죽은 자의 자리로 건너갔다. 삶과 죽음의 거리 고작 3미터. 그들은 불에 타 죽었고 호흡기가 떨어져 죽었고 맹장이 터져 죽었다. 맞아서 죽었고 분노해서 죽었고 절망해서 죽었다. 그들에게 필요한 복지는 치사할 만큼 높은 곳에 있거나 턱없이 앙상했다.

장애인과 가난한 사람들이 복지 서비스를 받기 위해서는 반드시 통과해야 하는 관문이 있다. 장애등급제와 부양의무제. 소, 돼지에게 하듯 장애인의 몸에 1~6급의 등급을 매겨 각종 서비스를 제한하고, 생계 지원이 절실한 사람들에게 일방적으로 부양의무자를 규정하고 그 책임을 떠넘긴다. 의도적인 사각지대가 광범위하게 형성되고 그 안에 갇힌 사람들이 자신의 몸을 던져 모욕과 절망을 증언한다. 지난 수십 년간 교수와 관료, 장애계 활동가들 모두가 그것이 문제라고 입을 모아 말해왔지만 아무도 그 문제를 붙들고 싸우려들지 않았다. '필요한 사람에게 필요한 만큼의 복지를' 요구하며 무모하게 싸움에 나선 사람들은 바로 중증장애인들이었다. 4년 전 2012년의 일이다.

9시쯤 다음 사람이 왔다. 그는 야학 학생이었다. 집에서 쉬다가 전화를 받은 그는 "그까짓 거 양말만 신으면 되지 뭐"라고 말했고, '고맙다'는 말을 하려 했을 땐 이미 전화가 끊어진 후였다고 H가 전했다. 후에 '농성할 때 가장 힘든 게 뭐냐'고 물었을 때 H는 "농성장이 펑크 날 때"라고 대답했으나, 실제로 농성장은 그녀의 노력으로 2012년 8월 21일 이후 단 한시도 펑크 난 적이 없다. 그녀의 말처럼 이 긴긴 싸움의 가장 큰 성과는 바로 '사람들'. 수많은 사람들이 그 하루하루를 채우고 버텨주었으므로 '장애등급제·부양의무제 폐지'는 우리 사회 주요 이슈 중 하나가 되었다. 모두가 문제라고 말하면서도 아무도 싸우려들지 않았을 때 이들이 낸 용기란 결국 이 하루하루를 견디는 일이었을 것이다.

　이곳 광화문까지 오는 데 15년이 걸렸다. 우리는 2001년 '이동권을 보장하라'며 중증장애인들이 맨몸으로 막아섰던 그 지하철과 버스를 타고 여기까지 왔고, 2007년 '사람답게 살고 싶다'고 한강대교를 네 발로 기어 쟁취해낸 활동보조서비스를 이용해 여기까지 왔으며, 2009년 '탈시설 권리'를 요구하며 시설과 세상 사이의 아득한 낭떠러지에 놓았던 그 징검다리를 딛고 여기까지 왔다. 무지개를 만나려면 비를 견뎌야 한다. 나는 그것을 저항하는 중증장애인들 속에서 천천히 몸으로 배웠다. 이번 비는 참으로 길다. (2016. 8. 15)

강가의 사람들

정부가 내년도 2017년 예산안을 발표했다. 복지에 중점을 두었다며 자찬하는 예산안을 들여다보니 중증장애인에게 가장 중요한 '활동지원' 예산은 오히려 삭감되었다. 이에 항의하는 장애인들이 청와대 앞 종로복지관에서 점거 농성을 벌였고 세 명이 삭발을 했다. 활동지원이란 일상생활에서 어려움을 겪는 중증장애인에게 활동보조서비스를 제공하는 제도이다. 이것이 삭감되었다는 것은 무엇을 의미하는가.

2005년 12월 경남 함안에서 혼자 사는 근육장애인 조모 씨가 보일러가 터져서 새어 나온 물에 얼어 죽는 사고가 발생했다. 이 무렵 서울시는 시범운영 중이던 활동보조사업의 예산을 오히려 삭감했다. 많지도 않았던 서비스 시간이 그마저도 반 토막이 나자, 장애인들은 '활동보조서비스를 제도화하라'며 노숙농성에 들어갔다. 그 와중에 서울시는 '한강 노들섬에 오페라하우스를 짓겠다'고 발표했는데, 그 예산이 무려 7천억이었다. 돈이 없다며 그들이 삭감했던 활동보조 예산은 고작 15억이었다.

분노한 장애인들은 노들섬으로 '기어서' 가는 투쟁을 벌였다. 그날, 작고 뒤틀린 비대칭의 몸들이, 불운과 비극의 상징으로 금기되고 거부당했던 몸들이 한강대교를 무대로 활짝 펼쳐졌다. 그들은 약한 몸을 드러내어 자선을 구걸하는 것이 아니라 약함 그대로를 인정받는 새로운 권리와 정당한 예산을 요구해 세상에 충격을 주었다. 이 사건으로 서울시는 활동보조서비스의 전면 시행을 약속했고, 이 운동은 전국으로 빠르게 확산되었다. 그리하여 2007년 마침내 활동보조서비스는 전국적으로 시행되기에 이르렀다.

활동지원제도가 도입되기 전, 중증장애인들은 작은 방 안에 유폐된 채 수십 년간 살아왔다. 한국사회를 뒤흔든 민주화의 거대한 물결도, 경제성장의 눈부신 결실도 그들의 방 앞에서 조용히 비껴갔다. 그 방의 문을 연 것은 다름 아닌 생면부지의 활동보조인, 그러니까 평범한 노동자들이었다. 그것은 내가 아는 가장 혁명적인 순간이다. 수십 년간 아무 일도 일어나지 않았던 삶에 어떤 일들이 일어나기 시작했다. 일상이 열렸다는 것, 그것은 인생이 시작되었다는 뜻이다. 방 바깥으로 나온 그들은 동네를 구경하고 햇살을 만끽하고 장미꽃을 샀다. 니체를 읽고 연극 무대에 올랐으며 사랑하고 욕망했다. 그렇게 그들은 자기 인생의 주체가 되었다. 활동보조서비스는 내가 아는 가장 아름다운 제도이다.

정부는 이 예산을 지독히도 아까워한다. 서비스 시간을 제한하고 새로운 사람의 진입을 막는다. 그 벽에 가로막혀 장애인 운동 활동가 김주영과 파주에 살던 박지우·박지훈 남매, 꽃동네에서 나와 자립을 준비하던 송국현이 불이 난 집에서 도망치지 못해 죽었고, 근육장애인 오지석이 활동보조인이 퇴근한 후 호흡기가 빠지는 사고를 당해 목숨을 잃었다. 그들은 모두 활동보조서비스를 충분히 받지 못했거나, 신청했지만 거부당했고, 누군가는 아예 신청할 엄두조차 내지 못했다.

이들은 변덕스럽게 범람하는 강가의 사람들. 작은 파고의 변화에도 삶이 통째로 휩쓸린다. 이 위태로운 삶에도 나름의 긍정적인 점이 있다면 그것은 그들이 약하기 때문에, 바로 그 약함을 고리 삼아 강력한 연대를 구축했다는 것이다. 그들은 농성에 능하며 전동휠체어를 탄 자신의 몸을 바리케이드 삼는 법을 터득했다. 예산 삭감에 맞서 장애인들은 국회를 향한 투쟁을 예고했다. 그들이 지키려는 것은 수많은 장애인들의 목숨이기도 하지만, 또한 자유와 평등, 협력과 연대처럼 인류가 목숨을 걸어서라도 지키고자 했던 아름다운 가치 그 자체이기도 하다. 누군가를 짓밟고 올라서야만 살아남을 수 있는 이 참혹한 시대

에 여럿이 함께 사회적 몸을 이루는 활동지원제도란 그 자체로 하나의 상징이다. (2016. 9. 12)

도라지, 백두산, 민주화 들

'우리가 백남기다'라는 구호가 목구멍에 걸려 차마 나오질
않는다. 나는 그날 백남기 농민이 물대포를 맞는 현장에
서 멀찌감치 떨어진 곳에 있었다. 저 거대한 차벽을 누군
가는 뚫어주길 바라면서도 한편으론 '인간이 버스와 줄다
리기를 한다는 건 얼마나 딱한 일인가' 체념했고, 실은 두
려워서 근처에도 가지 않았으니, 나는 백남기가 아니고,
백남기일 수도 없는 것이다. 경찰이 마지못해 내놓았다는
CCTV 영상 속엔 총 네 번의 살수가 있었다. 세 차례에 걸
친 경찰의 공격에도 흩어졌던 사람들이 이내 모여드는 것
을 보고 나는 조금 울었다. 대포를 쏘아도 달아나지 않는
사람들, 겁을 주어도 겁을 먹지 않는 사람들, 백남기 농민
은 그런 사람이었다. 네 번째 살수는 정확하게 그를 조준
했다.

　이튿날 범상치 않은 그의 운동 이력보다 먼저 알려진
것은 그의 딸이 쓴 편지였다. 외국에 살아서 곧바로 달려
올 수 없었던 그녀는 '사진 속 아버지의 피 묻은 얼굴을 닦
아주고 싶어 미칠 것 같다'고 썼다. 그녀의 이름은 '민주
화'. 나는 심장이 폭 꺼지는 것처럼 슬펐다. 그리고 뒤이어
알려진 또 다른 이름들. 민주화의 언니 '도라지'와 오빠 '백
두산'. 민중(농민)과 통일을 뜻한다고 했다. 이 아름답고

장엄한 이름 짓기에 나는 목이 메었다. 분단된 이 땅에서 살아가는 사람들 중에 저 이름을 벗어날 수 있는 존재가 어디 있을까. 경찰은 도라지와 백두산과 민주화의 아버지를 쏘았다.

졸지에 아버지를 잃은 자식들은 국가를 상대로 싸우고 전 국민의 조문을 받는 상주가 되었다.

"경찰의 손에 돌아가신 아버지를 다시 경찰의 손에 넘길 수 없습니다. 모든 수단을 동원해 아버지를 지켜내겠습니다."

검은 상복을 입은 채 생방송 뉴스 카메라 앞에 서야 하고, 수만 명의 군중 앞에서 마이크를 잡고 이렇게 외쳐야 하는 장례는 얼마나 끔찍한가. 그러나 그들은 흔들림이 없다. 그것이 아버지의 자식으로서 감당해야 할 몫이며 이 암울한 시대가 감당해야 할 몫이라고 말한다. 고통으로 일그러졌으되 위엄을 잃지 않는 그들의 모습에서 백남기 농민의 삶을 본다. 그들은 살아 있는 백남기다.

이것은 전쟁이다. 그 전선에 죽은 백남기의 몸과 그의 정신이 깃든 도라지, 백두산, 민주화가 있다. 우리가 그 이름을 하나하나 부를 때, 그것은 이 땅에 생명과 평화를 원하는 모든 이들의 싸움으로 확장된다. 그 이름이 갖는 놀라운 위력에 똥물을 끼얹으려는 간악한 심리전이 시작되었다. 공격하면 할수록 공격하는 자들의 정체가 드러나는 기묘한 진흙탕 싸움에도 저들은 기꺼이 몸을 던진다. 도라지를 짓밟고 백두산을 모욕하고 민주화를 조롱하여 저들이 지키려는 것이 결국 부패한 권력과 자본임을 그 이름들은 조용히 보여줄 뿐이다.

백남기 농민이 파종했다는 우리밀로 밥을 해먹으며 저항하는 한 인간에 대해 생각한다. 계엄군에 붙들려 옥살이를 하면서도 불법적 정부에게 애걸하지 않겠다며 항소조차 하지 않았던 사람, '돈이 되지 않는 것이 바로 우리의 몫'이라며 한 해도 우리밀 농사를 거르지 않았던 사람, 해처럼 빛나던 여인과 함께 도라지, 백두산, 민주화를 키워낸 사람, 그리고 '젊은이들에게 울타리가 되어주세' 했던 그의 마지막 투쟁에 대해 생각한다. 인간이란 얼마나 장엄한 존재인가. 나는 백남기는 될 수 없으나 그가 사랑하고 지키고자 했던 '도라지, 백두산, 민주화 들'의 곁에 한 자리는 채울 수 있을 것 같다. 마지막 떠나는 길, 이제 우리가 그의 울타리가 될 차례이다. (2016. 10. 10)

좋은 '시설'은 없다

지난달 SBS 〈그것이 알고 싶다〉에서는 사회복지시설 대구 희망원의 비리와 인권유린에 대해 보도하며 이렇게 끝을 맺었다.

"희망원은 그 운영권을 반납해야 합니다. 이 사회에는 소외된 사람들을 진심으로 돌보고 위하는 사람이 여전히 많기 때문입니다."

다시 말해 '좋은 사람'이 운영하면, 그래서 '좋은 시설'이 되면 거주인의 인권이 보장될 거라는 이런 생각은 지극히 자연스러워 보인다. 그런데 그것이 정말 가능한가. 희망원은 이 질문을 매우 상징적으로 던지고 있다. 대구광역시가 설립하고 천주교재단이 운영하며 6년 연속 '우수시설'로 선정된 희망원. 심지어 직원들의 만족도까지 최고인 명실공히 '이보다 더 좋을 수 없는' 시설에서 역사상 최악의 거주인 학살 사건이 일어났다. '좋은 사람, 좋은 시설'을 이제 누가, 어떻게 증명할 것인가.

스무 살에 야학 교사가 되어 군대를 다녀와서도 계속 활동을 이어갔던 후배가 있었다. 늘 학생들을 웃기고 싶어 하던 엉뚱하고 순한 녀석이었다. 대학을 졸업한 후 장애인 인권단체에서 활동했지만 오래가지 않았다. 한 달에 200만 원쯤은 받는 평범한 직장인으로 살고 싶다던 그는 한 불교재단에서 운영하는 시설에 취직했다. 부모 없는 장애 아이들이 함께 사는 곳이었다. 한참 후 그를 만났을 때 어느 비리 시설에 대한 이야기가 나와, 별 생각 없이 물었다.

"너희 시설도 아이들 때려?"

후배가 대답했다.

"네."

당황한 내가 머뭇머뭇 다시 물었다.

"너도 때려?"

후배는 잠깐 쉬었다가, 평범한 직장인의 얼굴을 하고선 대답했다.

"안 때리면 통제가 안 돼요."

2012년 내가 꽃동네에 처음 방문했을 때, 한 남자가 복도에 앉아 팔을 바닥에 짚고 엉덩이를 밀며 기어가는 모습을 보았다. 그 속도가 하도 느려서 그가 움직이고 있다는 사실조차 알아채지 못했다. 지나가던 직원이 "○○ 씨, 왜 내려오셨어요?" 하고 물었다. 그러나 그 이유가 진짜 궁금한 건 아니었던지 직원은 남자가 대답하기도 전에 벽에 붙은 인터폰을 들고 말했다.

"○○ 씨 내려오셨습니다."

잠시 후 다른 직원이 내려와 남자를 휠체어에 앉히더니 엘리베이터를 타고 2층으로 올라갔다. 족히 두어 시간은 걸려 내려왔을 그 길을, 남자는 단숨에 돌아갔다. 시설이란 어떤 곳인지 그들의 뒷모습이 인상적으로 말해주고 있었다.

2001년부터 비리 시설들을 쫓아다니며 거주인들의 인권을 위해 싸웠던 활동가들이 있었다. 지옥문을 열어 갇힌 사람들을 구했고 비리를 파헤쳐 끝내 시설을 폐쇄시켰다. 그러나 아무리 싸워도 시설 비리는 곳곳에서 독버섯처럼 자라났다. 무엇보다 그들을 절망케 했던 것은 문이 열렸음에도 바깥으로 나가지 못하는 사람들이었다. 시설 바깥엔 그들을 위한 자리가 없었다. 2005년 활동가들은 전국의 시설들을 찾아다니며 거주인 774명을 만났다.

"어느 날 모르는 사람들한테 끌려왔어요. 이 벽 보고 누웠다가 저 벽 보고 누웠다가를 반복하며 하루를 보내요. 한 번도 이름을 불려본 적 없어요. 엄마가 데리러 오기만을 기다렸죠. 그렇게 10년이 흘렀어요."

그들의 간절한 눈빛과 생생한 증언은 단 하나의 방향을 가리키고 있었다. '자유로운 삶, 시설 밖으로'를 주창한 탈시설 운동의 시작이었다. '좋은 시설은 없다!' 이것이 그들이 내린 결론이었다. 희망원 사건의 대안은 희망원 안에 없다. 갇힌 사람들을 희망원 밖으로 나갈 수 있게 하는 것, 그것이 진정한 희망이다. 시설을 폐쇄하고 시설에 들어가던 예산을 거주인들의 탈시설-자립생활 지원에 써야 한다. 그것은 또한 지난 2년간 희망원에서 희생된 129명의 간절한 소원이었을 것이다. (2016. 11. 7)

나는 천 년 전 신라의 문장가 최치원이 '남녘땅 제일의 경치'라 감탄했다는 경남 삼천포의 작은 바닷가 마을에서 태어났다. 1983년 그곳 앞바다에 화력발전소가 그 웅장한 위용을 드러냈을 때 사람들은 생각했다. '이제 우리는 발전할 것이다.' 그들은 로켓처럼 우뚝 솟은 세 개의 굴뚝과 그것들이 뿜어내는 연기마저 사랑했다. 그것은 과연 남녘땅 제일의 경치였다. 30여 년이 흐르는 동안 빛나고 화려한 것들을 동경하던 그곳의 아이들은 대부분 고향을 떠났고, 부모들은 때마다 자식들에게 돈을 부치고 김치를 보냈다. 그것은 그들이 사랑했던 발전소의 전기가 흐르는 방향과도 같았다. 그리고 지난 7월 내 고향의 화력발전소는 남녘땅 제일의 오염물질 배출업체로 지목되었다.

  나는 서울 양평동에 산다. 조용하던 동네가 갑자기 시끄러워진 건 지난 10월. 양평 유수지에서 밤낮없이 진행되던 공사가 제물포터널의 환기구 공사라는 사실이 알려지면서였다. 주민들이 백방으로 뛰어 알아낸 결과, 그것은 직경 11미터, 깊이 86미터(아파트 30층 높이)의 거대한 '매연 굴뚝'이었다. 사람들을 더욱 경악하게 한 것은 제물포터널 그 자체인데, 그것은 지하 80미터 아래에 건설되고 있는 7.53킬로미터의 어마어마하게 긴 터널이었다. 심지어 지하 50미터 지점에선 또 다른 지하도로인 서부간선도로(10.33킬로미터) 공사가 한창이었고, 두 지하도로가 교차하는 우리 동네엔 무려 네 개의 굴뚝이 세워질 예정이었다.

서울시는 교통난을 해소하겠다며 주요 도로를 지하화하는 사업을 추진하고 있다. '박원순 표 4대강 사업'이라 불러도 좋을 만큼 수조 원의 국민세금과 민간자본이 들어간다. 그런데 그 엄청난 규모에 비해 이상할 정도로 알려진 바가 없다. 초고층 빌딩이 즐비한 인구 천만의 대도시에 건설되고 있는 지하 장거리 터널은 세계에서도 유례를 찾기 힘들다. 안전성도, 그것이 미칠 환경적 영향도 검증되지 않았다. 터널 바깥으로 뿜어낼 각종 발암·유해물질들을 정화시킬 대책은커녕 미세먼지를 측정하고 관리할 법적 기준조차 없다. 주민들은 즉시 공사를 중단하라고 요구하고 있지만 국회의원 면담도 시장 면담도 이루어지지 않고 있다.

끝을 모르고 팽창하던 도시는 한계에 부딪혔고, 자본과 권력은 놀랍게도 '지하 세계'를 개발하는 것으로 이 상황을 돌파하려 한다. 도로를 늘린다고 교통체증이 줄어들까. 오히려 자동차만 더 늘어나지 않을까. 장기적인 인구

분산 정책이 필요하다고 쓰고 싶지만, 씁쓸하게도 나는 그렇게 말할 자격이 없다. 어린 시절의 각인이란 정말로 강력해서 나는 여전히 내 고향의 화력발전소가 아름답다. 24시간 멈추지 않는 그 발전의 동력이 나를 이곳으로 보냈다. 서울은 여전히 유혹적이다. 그러니 이 도시의 불빛을 좇아 온 수많은 '나'들이 저 무시무시한 지하 세계의 문을 여는 일에 일조했음을 시인하지 않을 수 없는 것이다.

지난 11월 30일, 우리 동네 주민들은 영등포구청 앞에서 촛불을 들었다.

"박원순 표 매연 굴뚝, 환기구를 백지화하라."

아이들과 그 부모들이 목이 터져라 외쳤지만 이들의 목소리를 대변해야 할 김영주 국회의원 사무실의 불은 조용히 꺼져 있었다. 그 순간에도 우리가 딛고 선 땅 저 아래에선 고막을 찢을 듯한 굉음과 함께 공사 현장을 밝히는 불빛이 꺼지지 않을 것이었다. 희망이 있다면 지금의 아이들은 화력발전소의 거대한 조명이 아니라 백만 명이 함께 드는 촛불의 흔들림을 바라보고 있다는 것. 그 아이들의 미래는 분명 오늘의 우리와는 다를 것이다. (2016. 12. 5)

2

나는 박현이다. 1983년 11월 9일에 태어나 2016년 12월 22일에 죽었다. 나는 지금 광화문광장 지하, 장애등급제·부양의무제 폐지 농성장에 있다. 그곳 빈소에 줄지어 있는 열두 개의 영정 중 머리에 초록색 물을 들인 남자, 그게 바로 나다.

그날, 독감이 폐렴으로 진행되었다고 의사가 입원을 권했지만 나는 집으로 돌아왔다. 며칠만 견디면 좋아질 거라 생각했다. 참는 것밖에 방법이 없는 삶을 오랫동안 살아온 사람들에게 고통은 익숙하다. 그래서일 것이다. 우리가 고작 감기 따위로 죽는 것은.

"친구들 있는 곳에 가자."

열세 살의 어느 날, 엄마가 나를 데려간 곳은 꽃동네였다. 가는 길에 엄마가 말했다.

"나를 '이모'라고 불러야 한다."

엄마는 왜인지 꽃동네 입구에서 들어가지를 않고, 함께 간 동네 아주머니가 나를 데리고 들어갔다. 엄마가 금방 데리러 올 줄 알았다. 무섭고 서러운 시간이 흘렀다. 일주일이 지나 '면회'를 온 '이모' 앞에서 아무 말도 못하고 울기만 했다. 집에 가고 싶다는 말도 하지 못했다. 엄마는 나를 포기했고 나는 그것을 받아들였다. 나만 없어지면 다

잘될 거라고 생각했다.

스무 살이 넘었을 때 '자립생활'이란 말을 듣고 충격을 받았다. 장애인도 사회적 지원을 받아 하고 싶은 것을 하며 살 수 있다는 것. 왜 아무도 우리에게 알려주지 않았나. 나는 음성군청에 찾아가 시설이 아니라 지역사회에서 살고 싶다 말하고, 나에 대한 사회복지서비스를 변경해 달라 요청했다. 그것은 법에 명시된 나의 권리였다. 군청은 거부했다. 나는 인권활동가들의 도움을 받아 행정 소송을 제기했다. 시설이 발칵 뒤집혔고 엄마가 달려와 소송을 취하한다는 문서에 내 지장을 강제로 찍었다. 소송은 끝내 패소했다. 나는 시설에 그저 버려진 정도가 아니라 완전히 결박당해 있었음을 그제야 알았다. 그곳을 벗어나는 데 3년이 더 걸렸다.

2011년 1월, 서울에서 자립생활을 시작했다. 전입신고를 마친 후 종이 위에 쓰인 나의 주소를 한참 동안 쳐다보았다. 그것은 나와 이 사회를 연결하는 탯줄 같았다. 그것 하나 얻기가 그토록 어려웠다. 행복했으나 두려웠다. 집과 시설에서 평생을 살아온 나는 태아처럼 무력했다. 턱없이 부족한 생계비와 활동보조서비스를 받는 나에게 하루 24시간은 한없이 길었다. 그 막막한 시간을 건너올 수 있었던 건 8할이 동료들의 덕이었다. 실의에 빠져 있을 때 따뜻한 음식을 나누어주었고 어려움에 처했을 때 함께 손잡고 싸워주었다. 나는 그들을 통해 비로소 이 사회에 뿌리를 내리기 시작했다. 탈시설 장애인들의 모임인 우리들의 이름은 '벗바리'. 누구도 포기하지 않도록 '곁에서 도와주는 사람'이란 뜻이다.

사람들은 강자가 사라져야 약자가 사라질 거라고 말한다. 나는 순서가 틀렸다고 생각한다. 우리 몸에서 가장 중요한 부분은 심장이 아니다. 가장 아픈 곳이다. 이 사회가 이토록 형편없이 망가진 이유, 그것은 혹시 우리를 버려서가 아닌가. 장애인을 버리고, 가난한 사람들을 버리고, 병든 노인들을 버려서가 아닌가. 그들은 가장 먼저 위험을 감지한 사람들, 이 세상의 브레이크 같은 존재들이다. 속도를 낮추고 상처를 돌보았어야 한다. 상처 난 곳으로 온갖 악한 것들이 꿀처럼 스며드는 법이다. 약자가 없어야 강자가 없다. 가장 아픈 곳으로부터 연결된 근육들의 연쇄적인 강화만이 우리를 함께 강하게 만들 것이다. 생명을 포기하는 곳, 연대가 끊어지는 그 모든 곳이 시설이다. 그러니 모두들, 탈시설에 연대하라. (2017. 1. 2)

당신처럼

고향 가는 버스를 예매하려고 고속버스운송조합 홈페이지에 접속했을 때였다. 팝업창에 '휠체어 장애인 이용 안내문'이 저절로 열리기에 읽어 내려갔는데, 놀랍게도 그것은 '이용할 수 없다'는 내용이었다. 내가 잘못 이해한 게 아닌가 싶어 눈에 힘을 주고 한 번 더 읽었다. 그것이 그토록 당당하게 '공지'될 리 없다고 생각했던 것인데, 내 생각이 틀렸다. 버스회사들의 책임을 피하기 위해 단어 하나까지 애써 고른 흔적이 역력했다. 모욕감 같은 것이 훅 끼쳐왔다.

그 순간 바로 옆에 걸린 또 다른 안내문이 눈에 들어왔다.

'대한민국 최고의 버스를 경험하세요. 첨단 안전장치 설치, 독립 공간 제공, 전 좌석 개별 모니터, 영화, 드라마 등 제공'.

작년 12월부터 운행하기 시작한 프리미엄 버스 광고였다. 그 적나라한 대비 앞에 나는 조금 멍해졌다. 두 개의 공지가 선명하게 일깨운 것은, '대한민국 최고의 버스'와 '장애인은 탑승할 수 없는 버스'는 하나의 버스이며, 그것이 바로 내가 타게 될 그 버스라는 사실이었다. 나는 휠체어 탄 누군가를 플랫폼에 남겨두고 혼자만 버스에 올라 타야 하는 사람의 기분이 되었다.

2001년 처음 노들장애인야학의 문을 두드렸던 나는 살면서 장애인을 거의 본 적 없는 평범한 비장애인이었다. 야학 교사인 나는 방황하던 대학 졸업반이었고, 또래인 야학 학생들은 초등학교는커녕 변변한 외출도 해본 적 없는 중증장애인들이었다. 장애인이 차별받는 세상이란 저 멀리 따로 존재하는 것이어서 일주일에 한 번쯤 '봉사'하러 다녀오면 되는 줄 알았으나, 내 생각이 틀렸다. 학생들은 지나가듯 말했다.

"나도 대학 가고 싶어."

"나도 연애하고 싶어."

"나도 돈 벌고 싶어."

거기엔 모두 '너처럼'이란 말이 생략되어 있었다. '모든 인간은 평등하다'는 한가한 소리를 일순간 팽팽하게 당기는 말, 저항하는 사람들이 던지는 밧줄 같은 말, 그것은 주술처럼 나를 꼼짝 못하게 만들었다. 그 말의 힘을 아는 사람들이 쉽게 연결하기 어려운 것들을 연결해 '장애인의 이동권'이라는 불가능한 권리를 발명하고 '장애인도 버스를 타자' 같은 낯선 문장을 개발했다.

이동권 투쟁의 성과로 2005년 이동권을 인권의 관점으로 명시한 교통약자이동편의증진법이 제정되었고, 부족하나마 대중교통의 현실은 개선되어왔다. 그러나 10년이 지난 지금, 전국의 시외버스와 고속버스를 통틀어 휠체어 승강설비를 갖춘 차량은 단 한 대도 없다. 기차가 다니지 않는 지역 사이를 이동할 방법은 없다. 2014년 장애인들은 정부와 버스회사를 상대로 손해배상 소송을 제기했다. 법원은 국가에겐 책임이 없고 버스회사만 책임이 있다고 판결했다. 버스회사는 억울하다며 항소했고, 장애인들은 정부의 책임을 묻기 위해 항소했다.

설 연휴가 시작되기 전날인 지난 26일, 귀성객으로 붐비는 강남고속버스터미널에서 장애인의 시외버스 이동권 확보를 위한 버스 타기 행사가 있었다. 승차권을 꼭 쥐고서도 버스에 탈 수 없는 장애인들을 플랫폼에 남겨두고 비장애인 승객들이 줄지어 버스에 올랐다. 장애인들은 "다음 명절에는 우리도 함께 버스 타고 고향에 가고 싶습니다"라고 외치며 떠나는 버스를 향해 손을 흔들었다. 나는 천천히 출발하는 버스 안 승객들의 얼굴을 바라보았다. 그들이 자신이 탄 버스의 빈자리를 바라보며 그 자리의 주인에 대해 생각해주기를, 이 편에서 던진 '당신처럼'의 밧줄을 함께 당겨주기를, 그리하여 그들이 조금 더 불편해지기를 바랐다. 세상은 딱 그만큼 나아질 것이다.

(2017. 1. 30)

어떤 세대

아버지를 힘껏 밀어 쓰러뜨린 날이 있었다. 대학을 졸업하고 장애인야학 교사가 된 나와 그것을 용납할 수 없었던 아버지 사이의 갈등이 폭발했던 날, 어린 시절부터 억압되어 있던 분노가 한꺼번에 솟구쳤다. 힘들게 살았다고해서 폭력이 정당화될 수는 없는 거라고, 나는 아버지가내 아버지인 것이 싫었다고, 눈을 희번덕거리며 소리 질렀다. 그 길로 짐을 싸 집을 나왔다. 끔찍한 죄의식이 나를 괴롭힐 때마다 '아버지를 죽여야 새로운 문명이 시작된다'는신화 속 이야기들이 조금 위로가 되었다. 태극기와 촛불이 힘겨루기를 하는 광장에 서면 그날의 아버지와 내가 겹쳐진다.

줄곧 아버지로부터 도망치듯 살아왔으나, 15년이 흐르는 동안 피할 수 없었던 진실이 하나 있다면 그것은 내가뼛속까지 아버지를 닮았다는 것이었다. 아, 이건 벗어날수 없는 거구나, 하고 받아들였던 순간 불현듯 깨달았다.

'아버지도 그랬겠구나. 아무리 노력해도 벗어날 수 없었던 어떤 운명을 아버지도 견디며 살아왔겠구나. 아버지의인생은 아버지가 당신의 운명과 싸운 최선의 결과물이겠구나.'

나는 처음으로 아버지를 이해할 수 있을 것 같았다. 그러나 나는 아버지에 대해 아는 것이 없었다. 아버지가 나를 몰랐던 것처럼. 아버지가 당신의 시대에 갇혀 살았듯, 나 역시 그랬다.

지난 2월, 경남 진주에서는 한국전쟁 시에 학살된 민간인의 유해를 발굴하는 일이 있었다. 발굴 작업이 이루어지는 그 산에만 무려 718구의 유해가 매장돼 있다는 걸 듣고 나는 몸서리를 쳤다. 1950년 7월 인민군이 이 지역으로 진격해오기 직전의 어느 날, 군인들이 수백 명의 사람들을 포승줄에 엮은 채 차에 태워와 산 속으로 끌고 갔다. 잠시 후 다닥다닥 총소리가 산을 울렸고, 고랑에선 핏물이 줄줄 흘러내렸다. 그러니까 이것은 국민보도연맹사건인데, 새삼스러울 것 없는 역사적 사실이 그토록 낯설고 충격적이었던 이유는 그곳이 바로 내 고향이기 때문이었다. 책 속의 전쟁과 유년의 공간 위에 포개진 살육의 현장은 완전히 다른 것이었다.

경기도 안산시 선감도에 있던 부랑아동 수용시설 '선감학원'의 피해생존자 김경훈 씨는 열세 살 나이에 먹고살 길이 막막해 구두 통을 짊어지고 나갔다가 경찰에 붙들려 선감학원에 들어갔다. 모진 폭력을 견딜 수 없어 바다를 헤엄쳐 도망가려다 실패한 날 밤, 백여 명의 원생들에게

'다구리'를 당했다고 이야기하던 그는 열세 살의 소년처럼 훌쩍거렸다. 2년 만에 탈출에 성공해 열차에서 잡상인 생활을 했지만, 가난한 소년에게 세상은 여전히 난폭했다. 소년을 향한 무자비한 폭력이 잦아든 것은 공교롭게도 대전역 보일러실에서 '형님들'에게 죽을 만큼 두들겨 맞은 어느 날이었다.

"내가 돌멩이를 들었거든요. 나를 때리고 돌아서는 왕초의 뒤통수를 찍어버렸어요."

그 순간 그가 엷게 웃었다.

"돌멩이를 들었지."

아버지도 자주 그 말을 했고 그 말을 할 땐 김경훈 씨처럼 꼭 그렇게 웃었다. 보도연맹사건이 있은 후 두 달쯤 지나 인민군이 퇴각할 때 마을의 청년들도 함께 사라졌는데, 그중엔 나의 할아버지도 있었다. 그 때문에 할머니는 경찰에 불려가 심한 고초를 겪었고 평생 골골했다. 입술은 웃고 눈은 울면서 아버지는 말했다.

"싸움이 붙으면 상대는 형님도 데려오고 아버지도 데려오는데, 나는 아무도 없었으니까."

태어나보니 전쟁이었던 세대. 살기 위해 돌멩이를 들고, 살기 싫어 술을 들이부었던 사람들. 입 안 가득 고인 피를 뱉으며 돌멩이를 집어 드는 소년들을 상상하며 나는 이제부터라도 아버지의 인생을 정성껏 들어봐야겠다고 생각했다. 군림했으므로 한 번도 공감받지 못했던 어떤 세대가 그들의 자식과 손자들이 함께 든 촛불 앞에 위태롭게 서 있다. (2017. 3. 6)

최옥란의 유서

3월 26일은 장애해방 열사 최옥란의 기일이다. 추모제에서 낭독할 글을 써달라는 요청을 받으며 그녀에 대한 자료들도 함께 건네받았다. 어린 시절의 사진과 유서가 들어 있었다. 앳된 얼굴에서 엿보이는 생에 대한 기대와 두려움이 자필 유서의 무거움과 겹쳐 오랫동안 마음이 아팠다. 2001년 3월 26일, 최옥란은 유서를 썼다.

"세상에서 제일 사랑하는 아들, 준호에게. 돈을 많이 벌어서 너하고 같이 살고 싶었는데, 이번 생에는 그럴 수 없을 것 같구나. 너에게 해줄 것이 아무것도 없어 멀리 떠난다. 한시도 너를 잊은 적이 없다. 엄마가 어디에 있든 너를 끝까지 지켜주마."

그날 그녀가 자살을 시도했는지는 알 수 없다. 확실한 건 그녀는 그날 죽지 않았다는 것이다. 그녀의 사망일은 2001년 3월 26일이 아니라 2002년 3월 26일이니까. 나는 그녀를 2001년 장애인 이동권 투쟁 현장에서 보았다. 경찰의 방패 앞에 가장 먼저 드러눕고 가장 마지막까지 버티던 못 말리는 싸움꾼. 그녀가 유서를 품고 사는 사람이었다는 걸, 그때는 몰랐다.

최옥란은 뇌성마비 장애 여성이다. 스물일곱에 아이를 낳았고 5년 후 이혼해, 아이를 빼앗긴 채 세상에 홀로 나왔다. 노점을 해 생계를 이어가다, 기초생활보장법의 수급자가 되었다. 그녀가 받았던 생계비는 26만 원. 월세와 약값을 내기에도 부족한 돈이었다. 다시 노점을 시작했지만 소득이 33만 원을 넘으면 수급권을 박탈한다는 이야기를 들었다. 장애로 인해 의료보호가 절실했던 그녀는 수급권을 포기할 수 없었다. 어쩔 수 없이 노점을 접었다. 돈을 모아 아이를 데려오겠다는 희망도 함께 사라졌다. 유서는 그때 쓰였을 것이다.

그 후 최옥란은 놀랍게도 목숨을 걸고 정부와 싸우기 시작했다. 모욕과 수치의 대가 26만 원을 반납하고, 최저생계비를 현실화하라고 한겨울 길바닥에서 노숙농성을 했다. 그녀는 썼다.

"기초생활보장법이 나의 작은 꿈을 다 빼앗아갔습니다. 이 제도가 정말로 나같이 가난한 사람들의 생계를 보장하는 제도로 거듭나기를 희망합니다."

살고 싶었으므로 죽을힘을 다했다. 그러나 또다시 시련이 닥쳐왔다. 양육권 소송을 위해 마련한 돈 700만 원 때문에 또다시 수급권에서 탈락할 위기에 처한 것이다. 세상은 발버둥 치면 칠수록 더욱 빠져드는 늪 같았다. 그녀는 미뤄두었던 죽음을 택했다.

지난 3월 22일, 문재인 후보가 기초생활보장법의 부양의무제 폐지를 공약으로 발표했다. 이로써 모든 대선 후보들이 부양의무제 폐지를 약속했다. 이른 아침 그 소식을 들은 나는 꿈인가 싶게 얼떨떨했다. 박근혜가 검찰 포토라인에 서고 세월호가 수면 위로 모습을 드러내던 사이의 일이었다. 누군가가 '이건 전부 꿈이야'라고 말했다 해도 나는 그 말을 믿었을 것이다. '공약이 지켜진다면' 송파 세 모녀와 같은 사각지대의 사람들 94만 명이 새롭게 수급을 받게 되고, 6조 8천억의 예산이 더 소요되는 어마어마한 일인 것이다. 4년이 넘는 시간 동안 광화문역에서 농성했던 '장애등급제·부양의무제 폐지 공동행동'이 이뤄낸 쾌거였다.

15년 전, 가난한 여성이고 장애인이며 노점상이었던 최옥란의 외로운 싸움으로부터 이 모든 것이 시작되었다. 자신의 작은 꿈을 이루기 위해선 이 사회가 통째로 움직여야 한다는 걸 알았던 사람. 계란 같은 몸으로 바위를 쳤던 사람. 그녀가 가슴에 품고 살았던 유서는 이렇게 끝난다.

"내가 다하지 못한 것들을 꼭 이어주십시오."

그녀에게 큰 빚을 졌다. 끝날 때까지 끝난 게 아니다.

(2017. 3. 27)

아직 아무것도 포기하지 않았다

송국현은 스물넷에 뇌출혈로 우측 편마비와 언어장애를 입었고, 스물아홉에 꽃동네에 들어가 24년을 살았다. 2012년 그가 장애등급심사를 받기 위해 병원을 찾았을 때 의사가 물었다. 50미터 이상 걸을 수 있습니까. 송국현이 목울대에 잔뜩 힘을 주어 대답했다. 응. 혼자 밥을 먹을 수 있습니까. 응. 그것은 그의 자부심이었다. 그는 장애 3급 판정을 받았다(1, 2급은 중증, 3급 이상은 경증으로 분류된다). 꽃동네에서 함께 살던 동료들은 남의 손을 빌리지 않아도 되는 그를 부러워했다. 수년간 탈시설을 준비하던 그의 동료가 막상 나갈 날짜를 받아놓고는 두려움이 커져 결정을 번복했을 때, 송국현이 그 기회를 잡을 수 있었던 것도 그가 '경증' 장애인이기 때문이었다. 2013년 10월, 송국현은 꽃동네를 나와 서울로 왔다.

예상은 빗나갔다. 그는 혼자서 밥을 먹을 수 있었지만 밥을 할 수는 없었다. 10분이면 통과하는 거리를 한 시간 동안 걸었다. 작은 계단도 힘겨워했고 사람들과 부딪혀 넘어지기 일쑤였다. 글을 몰라 지하철 노선도를 읽지 못했고 말을 하지 못했으므로 길을 묻지 못했다. 먹고 자고 기도하는 일만 반복되는 꽃동네와 달리 이곳은 세탁기를 돌려야 옷을 갈아입을 수 있고 가스 불을 켜야 밥을 먹을 수 있으며 은행에서 돈을 찾아야 생필품을 살 수 있는 세상이었다. 그는 전적으로 활동보조인의 도움이 필요했지만, 활동보조서비스는 1, 2급의 중증장애인만 신청할 수 있었으므로 3급인 그의 등급을 조정해야 했다.

50미터 이상 걸을 수 있습니까. 송국현이 힘껏 손을 저으며 대답했다. 아니. 그는 횡단보도 하나 건널 수 없었다. 혼자 밥을 먹을 수 있습니까. 아니. 그는 매 끼니를 걱정했다. 한 달 만에 그는 정말 아무것도 할 수 없는 사람이 되어 있었다. 활동가들이 돌아가며 지원했지만 그들이 언제 사라질지 몰라 송국현은 두려움에 떨었다. 우울과 불안 증상이 시작되었다. 환청과 환시에 시달렸고, 불면의 고통을 견디지 못하고 자해를 했다. 활동가들의 옷자락을 붙잡고 하루에도 수십 번씩 물었다. 오늘 밥은 어떻게 해? 잠은 누구랑 자? 수면제를 너무 많이 먹은 날은 죽은 듯이 긴긴 잠을 잤다. 하루하루가 살얼음판이었다.

3개월이나 걸려 받은 등급은 또다시 3급이었다. 의사의 질문에 대한 그의 대답은 숫자로 환산되었는데, 그 값을 모두 합치면 '대부분의 일상생활을 타인의 도움 없이 수행할 수 있는 사람'이 된다고 했다. 그의 장애는 2년 전 등급심사를 받았을 때에 비해 특별히 악화되지 않았으므로 등급을 조정할 수 없다고 했다. 변한 건 송국현의 장애가 아니라 그가 속한 사회의 환경이었으나 등급심사센터의 입장은 변하지 않았다. 구청 장애인복지과에 긴급 지원을 요청했으나 그마저도 3급에겐 지원할 수 없다고 했다. 2014년 4월 10일. 송국현은 장애등급제에 항의하기 위해 등급심사센터를 찾아갔으나 경찰에 가로막혀 문전박대를 당하고 돌아섰다. 사흘 후 혼자 있던 그의 집에 불이 났고 나흘 후 그는 죽었다.

  '장애등급제 희생자'라고 그를 부르는 것이 영 마뜩잖은 이유는, 그 추상적인 것이 송국현을 죽음으로 몰고 간 구체적 사람들, 그러니까 의사와 등급 심사관, 사회복지 공무원과 경찰, 그리고 시설의 얼굴을 지워버리기 때문이다. 그러나 또한 송국현의 영정을 붙들지 않는다면 어떻게 이 보이지 않는 거대한 유령인 장애등급제와 맞서 싸울 수 있을까. 박근혜는 장애등급제를 폐지하겠다던 약속을 헌신짝 버리듯 내팽개쳤고 그의 죽음에 대해 아무도 사과하지 않았다. 그리고 아직 아무것도 포기하지 않은 사람들의 농성이 광화문에서 1709일째 이어지고 있다. (2017. 4. 24)

재난을 묻다

더 이상 개발할 땅이 없는 서울시가 지하 세계 개발에 나섰다. 지하도로는 그 신호탄이다. 작년 10월, 내가 사는 동네(영등포구 양평동)에 터널의 매연을 뿜어내는 굴뚝이 생긴다는 소식을 듣고 주민회의에 참석했다가 처음 지하도로의 존재를 알았다. '지하도로'라기에 흔한 지하보도 수준을 상상했으나 완전한 오산이었다. 서부간선도로는 지하 50미터, 제물포터널은 지하 80미터 아래에 뚫리고 있다. 인구 천만의 대도시 땅속에 10킬로미터의 긴 터널을 뚫는 일, 세계적으로도 유례가 없는 일이란다. 두 터널이 교차하는 우리 동네엔 세 개의 매연 굴뚝이 들어설 예정이다.

주민들은 발파로 인한 소음과 진동, 분진에 몸살을 앓고 있다. 아파트 집집마다 전등이 흔들리고 문이 덜컹거리는데도 서울시는 괜찮다는 말만 반복한다. 3월, 주민비상대책위원회에 들어갔다. 생업이 따로 있는 주민 대여섯이 일요일마다 모여 회의를 하고 나면 한숨이 난다. 공사를 되돌리기엔 이미 늦었고, 싸워야 할 대상이 거대한 건설자본이란 사실도 두렵다. 1조 원의 국책 사업이 피해 지역 주민들만의 문제로 비춰지는 것도 억울한데, 설상가상으로 주민들의 관심마저 눈에 띄게 줄고 있다. 상심하고 있던 때에 세월호참사 작가기록단이 쓴 대한민국 재난연대기《재난을 묻다》를 펼쳤다가 정신이 번쩍 들었다. 이것은 과거가 아니라 미래의 이야기! 재난이 나에게 말했다. 피해 입은 자가 아니라면 누가, 지금이 아니라면 언제, 싸움을 시작할 것인가.

2003년 대구지하철 화재참사는 설계 단계에서부터 예비되었다. 단체장의 치적을 위해 공사 기간이 축소되고 비용 절감을 위해 화재에 취약한 전동차가 도입되며, 운영비 절감을 위해 1인 승무원제가 결정된다. 화재는 우연이지만 참사는 필연이다. 전동차는 불쏘시개가 되어 순식간에 유독가스를 배출하는데 승무원은 혼자서 운전하랴 교신하랴 정신이 없다. 그날 아침 9시 50분, 대구지하철 1호선 1080호에 타고 있던 무고한 시민 192명이 불에 타 희생되었지만, 몇 명의 현장 종사자들만 처벌되었을 뿐, 이 모든 참사를 설계한 진짜 책임자들은 아무도 처벌받지 않았다.

2013년 태안 해병대캠프 참사의 생존자는 자신들에게 그런 끔찍한 일이 일어난 이유가 '복종' 때문이라고 말했다. 이틀간의 제식훈련으로 '생각하기'를 멈추었을 때, 교관은 학생들에게 '바다로 일보 전진'을 반복해 명령했다. 바닷물이 턱밑까지 차올랐지만 학생들은 애써 두려움을 누르며 발걸음을 떼었다. 그때 파도가 쳤다. 열여덟 살의 고등학생 다섯 명이 희생되었다. 캠프를 운영한 회사는 3차 하청업체였고, 교관들은 자격도 경력도 없는 임시직 노동자들이었다. 진상규명을 위해 백방으로 뛰던 유가족은 끝이 보이지 않는 부패의 사슬 앞에 끝내 주저앉았다.

"잊어야 살겠더라고요."

그들은 그렇게 재난을 묻었다.

저 재난들이 말한다. 너무 늦었다고 질문을 포기하거나 축소시킬 때, 우리는 재난을 향해 '일보 전진'하는 것이라고. 그리하여 재난이 묻는다. 지하도로는 꼭 필요한가. 자동차는 마구 찍어내면서, 도로는 마구 뚫어대면서, 교통량은 언제 줄이겠다는 것인가. 자동차를 줄이려면 자동차를 규제하면 된다. 지하도로를 뚫으면 환기구든, 출입로든 매연은 뿜어져 나올 수밖에 없다. 누군가는 반드시 피해를 입는다. 그리고 언젠가는 분명 사고가 난다. 지하 80미터 아래 도로가 사고에 취약할 것은 두말할 것도 없다. 그것을 감당할 준비가 되었나. 아니, 우리는 그것을 감히 상상할 수나 있는가. 대답은 우리 모두의 몫이다. (2017. 5. 22)

유골을 업고 떡을 돌리다

동네에 현수막을 걸었다. '주민 안전 위협하는 개발사업 반대한다.' 다음날 그것이 길바닥에 내동댕이쳐져 있는 것을 보았다. 마치 내 존재가 내쳐진 듯 모멸감을 느꼈다. 지나가는 주민들을 쳐다보며 범인을 상상하는 일은 괴로웠다. 다시 걸 땐 '주민자치회의의 승인을 얻은 것'이라는 쪽지를 매달았다. 며칠 뒤 주민자치위원에게서 연락이 왔다. 항의가 들어오니 쪽지를 떼달라 했다. 이것은 공무원이나 건설사를 상대하는 일과는 전혀 다른 싸움임을 그때 알았다. 적은 어디에나 있지만 누구인지는 알 수 없다. 그들은 바로 '이웃'. 이 싸움의 특징은 '내상'을 입는다는 것이다. 그때 세월호참사 유가족 호성 어머니를 생각했다. 그녀의 이웃들에 의해 이리저리 내쳐지고 있는 것은 다름 아닌 죽은 아들의 유골이 아닌가.

문성준 감독의 다큐 〈기억의 손길〉에서 보았다. 안산 화랑유원지에 세월호 추모공원 조성을 반대하는 아파트 재건축 조합의 '이웃'들이 유가족에게 고성을 지르는 장면. '피로감, 혐오시설, 주민재산권 침해' 같은 현기증 나는 말들이 빗발치는데도 마치 입이 없는 존재들처럼 묵묵히 견디는 사람들 중에 호성 어머니가 있었다. 어머니가 말했다.

"발 벗고 뛰면 그거라도 해줄 수 있을 것 같아서."

'그거라도'라는 말에 가슴이 시렸다. 나는 그녀가 아들에게 못해준 것들에 대해 들은 적이 있다.

2014년 11월, 호성 어머니를 만났었다. 어머니는 처음 보는 내 앞에서 여러 번 통곡했다. 4월 15일, 여행 떠나는 아들에게 준 용돈 3만 원이 아무래도 부족한 것 같아, 돈을 뽑아 학교로 찾아간 그녀에게 아들이 도리어 2만 원을 주었다는 이야기를 할 때. 5월 1일, 시신의 인상착의 정보가 잘못 기재되는 바람에 보름 만에 물 밖으로 나온 아들을 곧바로 안아주지 못해서, 죽은 아들이 하루 동안 또 엄마를 찾도록 만들었다는 이야기를 할 때. 그리고 아들이 좋은 곳에 간다는 말을 듣고 아들의 물건을 모아 태워주었는데, 몇 개 없는 신발을 호성이가 다 신고 가버려서 태울 신발이 없었다는 말을 할 때. 어머니는 먼 길 떠나는 아들에게 신발 하나 사주지 못한 자신을 쥐어뜯으며 울었다.

진상규명을 위해 울며불며 전국을 돌아다니던 어머니는 작년부터 추모공원 조성을 위해 안산 시민들을 만나러 다닌다. 국회로, 청와대로 쫓아다닐 땐 화도 내고 소리도 지를 수 있었지만 안산에서는 그럴 수 없다. 싸워야 할 대상이 아니라 함께 살아야 할 이웃이므로. '진도로 떠나라'

는 막말에도, '보상금 얼마 받았느냐'는 비아냥에도 속 시원히 대거리할 수 없다. 대신 떡을 해서 주민들을 찾아간다. 할머니들의 어깨도 주물러드리고, 정치하는 놈들 다 똑같다고 욕하면서도 귀찮은 일에는 휘말려들고 싶어 하지 않는 사람들에게 머리를 조아린다.

"혐오스럽게 짓지 않을게요."

자식의 유골을 업고 떡을 돌리는 어머니가 이렇게 말해야 하는 현실이 가슴 아프다. 3년 전 4월 15일, 엄마에게 2만 원을 돌려주며 "나 수학여행 간다고 돈 많이 썼지? 엄마 맛있는 거 사먹어" 했던 그 예쁜 아들에게 혐오라니. 밖으로 표출할 수 없는 슬픔과 분노가 안으로 파고들어 어머니를 괴롭힐까 걱정이다. 이 기구한 시간은 언제쯤 끝날까. 6월 말 추모공원의 부지가 결정된다. 부디 안산의 이웃들이 별이 된 아이들을 따뜻하게 품어주기를, 그리하여 어머니가 이제 그만 아이의 유골을 내려놓을 수 있기를, 제발 '그거라도' 해줘서 어머니가 아주 조금이라도 편해지기를 바란다. (2017. 6. 19)

그 사람 얼마나 외로웠을까

"그날 박진영 씨가 종이에 뭔가를 써와서는 세 부를 복사해달라고 하더래요. 복사해주니까 그걸 하나하나 봉투에 넣더니 시청, 청와대, 경찰서에 보내달라 그러고는 그 자리에서 칼로 자기 심장을 찔렀대요. 구급차로 이송하던 중에 돌아가셨어요. 피를 너무 많이 흘려서. 자기 심장을 너무 깊게 찔러서. 주민센터 담당자 말이, 두 달 동안 정말 '매일' 찾아왔대요. 어릴 때 발병해서 교육도 제대로 못 받았는데 장애등급 하락됐다고 갑자기 자기를 '근로능력자'라고 하면 당장 어딜 가서 돈을 버느냐고요. 괴팍한 장애인이었대요. 만날 와서 따지고 화내는. 그러니 공무원들은 짜증나고 싫었겠죠. 누가 그런 사람을 좋아하겠어요."

이것은 '장애등급제·부양의무제 폐지 공동행동' 집행위원장 이형숙의 말. 박진영은 장애등급제·부양의무제 폐지를 위한 광화문 농성장에 들어온 네 번째 영정의 주인공이다. 나는 박진영을 이토록 피가 돌고 생생한 표정을 가진 존재로 이야기하는 사람을 처음 보았다. 이형숙이 말했다.

"그 사람, 얼마나 외로웠을까요."

그녀는 한 번도 만난 적 없는 박진영의 유서를 핸드폰에 넣고 다녔다. 지체장애를 가진 이형숙의 꿈은 비장애인이 되는 것이었다.

"장애인들은 구질구질하니까요."

그랬던 그녀는 마흔이 넘은 나이에, 출근길 도로를 점거하고 으리으리한 국제대회장에 난입해 구호를 외치다 사지를 들려 끌려가는 '괴팍하고 구질구질한' 장애인이 되었다. 며칠 후 그녀는 정부의 벌금 탄압에 항의하는 노역투쟁을 벌일 참이었다.

휠체어도 압수된 채 편의시설이라곤 전혀 없는 감방에 던져진 장애인이 그저 '냄새나는 존재'로 전락하는 데에는 하루도 채 걸리지 않는다. 그녀는 2년 전에도 노역을 살았다.

"그 힘든 걸 왜 또 합니까?"

내가 묻자, 그녀가 담담하게 대답했다.

"그럼 누가 합니까?"

노역이 얼마나 고역인지 잘 아는 얼굴, 그래서 자신이 무엇을 감당해야 하는지 정확히 아는 사람의 얼굴이었다. 오래전 한 장애여성에게 물었던 적이 있다.

"당신은 왜 싸웁니까?"

그녀가 대답했다.

"싸운다는 게 얼마나 고통스러운지 뼈가 저리도록 처절

하게 알지. 그래서 싸우는 사람들의 곁을 떠날 수가 없어."

그땐 몰랐으나 시간이 흐르면서 나는 두 문장 사이에 전혀 인과관계가 없다는 사실을 깨달았다. 오히려 그 반대에 가까웠다. 사람들은 '알기 때문에' 떠났다. '안다는 것'과 '감당한다는 것' 사이엔 강이 하나 있는데, 알면 알수록 감당하기 힘든 것이 그 강의 속성인지라, 그 말은 그저 그 사이 어디쯤에서 부단히 헤엄치고 있는 사람만이 겨우 할 수 있는 것이었다. 신영복은 '아름다움'이 '앎'에서 나온 말이며, '안다'는 건 대상을 '껴안는' 일이라 했다. 언제든 자기 심장을 찌르려고 칼을 쥔 사람을 껴안는 일, 그것이 진짜 아는 것이라고.

세상엔 자신의 유서를 품고 살아가는 사람들이 있다. 싸움은 그들로부터 시작된다. 그러나 싸움의 지속은 타인의 유서를 품고 사는 사람들에게 달려 있다. 김소연의 시에 이런 구절이 있다. "사람의 울음을 이해한 자는 그 울음에 순교한다." 나는 이렇게 말하고 싶다. 사람의 구질구질함을 이해한 자는 그 구질구질함에 순교한다. 창살 '없는' 감옥에서 누리던 그마저의 편리도 내려놓고 창살 '있는' 감옥으로 들어가는 사람들. 그들은 아름답다. 17일, 이형숙, 박옥순, 이경호 세 사람이 국가의 벌금 탄압에 저항해

노역투쟁에 들어갔다. 농성 기간 5년 동안 그들과 그 동료들에게 지워진 벌금은 5천만 원이 넘었다. 연대와 후원을 바란다. (국민은행 009901-04-017158 전국장애인차별철폐연대) (2017. 7. 17)

앓은 앓음이다

보름 전 세상을 떠난 박종필 감독의 다큐 〈IMF 한국, 그 1년의 기록: 실직 노숙자〉를 보았다. 노숙인의 시선에서 본 세상은 충격적이었고 그것을 담은 다큐는 경이로웠다. 1998년 추석 귀성객으로 붐비는 서울역 뒤편, 한 남자가 불붙인 담배를 바닥에 세우려고 애쓰고 있다. 자꾸만 굴러가는 담배를 붙잡는 그는 자기 몸도 못 가눌 만큼 취해 있다. 담배 앞에서 두 번 절을 한 남자가 경계도 분노도 없이 카메라를 쳐다본다. 우물처럼 깊고 까만 눈에 슬픔과 비참이 가득 차 있다.

"집에 왜 안 가고 싶겠냐고. 왜. 왜. 엄마도 보고, 아버지 산소도 매야 하는데."

그의 눈빛을 견딜 수 없어 시선을 피하고 싶다.

'두수 형'은 고아원에 맡겨둔 두 아이를 만나고 온 뒤 노숙인 수용시설에 들어가기로 했다.

"열심히 해서 아이들 찾아올 거야."

어두운 저녁, 커다란 배낭을 짊어진 그가 시설의 철문 안으로 들어간다. 그러나 다음 장면. 두수 형이 방금 들어갔던 철문 바깥에 쭈그리고 앉아 있다. 술도 마시지 않았는데 술 냄새가 난다며 쫓겨난 것이다. 일어설 힘조차 없어 보이는 두수 형의 옆모습에 가슴이 저민다. 그런데, 이상하다. 저 장면, 어떻게 찍었을까. 두수 형이 철문 너머로 사라진 후에도 박종필은 그 자리를 한참 동안 떠나지 못했다는 뜻인가. 그리하여 나는 저 모든 현장을 바라보고 있었을 박종필의 얼굴, 그날 밤의 서성임 같은 것을 생각했다.

세상을 아는 가장 안전한 방식은 독서라고 했다. 그렇다면 가장 위험한 방식은 현장으로 들어가는 일. 박종필은 그것을 고집하는 사람이었다. 전자의 앎이 세상을 이해하고 싶은 욕망이라면 박종필의 앎은 세상을 변화시키고자 하는 열망일 것이다. 전자의 앎이 폭넓음을 지향한다면 박종필의 앎은 정확함을 지향할 것이다. '위험'이 가장 본질적 요소인 그런 앎이 있다. 추석날 아침, "식사하셨어요?" 하고 묻자 '기태 형'이 고개를 젓는다. 속에서 받질 않아 먹을 수가 없어, 라고 대답하면서도 그는 3,500원짜리 된장찌개가 꼭 한 번 먹고 싶다고 말한다. 그리고 이런 말을 하는 것이다.

"한 달 뒤면 내 생일이야. 그때까지만 살다가 죽으려고."

그런 날이면 형들의 손을 잡고 병원에 가고 따뜻한 된장찌개를 사고 싶지 않았겠나. 그러나 박종필은 '카메라를 허락해준 사람들'이 자신에게 무엇을 바라는지 잘 알고 있었다. 그래서 기뻤을 것이고, 그 때문에 괴로웠을 것이다.

누군가 죽었다는 소식을 듣고도 골방에 처박혀 영상을 편집해야 했을 땐 애꿎은 카메라를 원망도 했겠지만, 그는 어쩔 수 없이 카메라를 사랑했을 것이다. 살갑지도 다정하지도 않은 그를 사람들 가운데로 들여보내주던 마술 같은 그것.

"박감독, 우리를 찍어줘."

그는 그 말이 진심으로 고마워 몸을 아끼지 않고 찍고 또 찍었을 것이다.

박종필의 앓은 앓음이었다. 그는 다큐를 찍어 명예를 얻었지만 우정을 나눈 형들은 객사하거나 행방불명되었다. 부채감과 자괴감으로 크게 앓았다고 어느 인터뷰에서 그는 말했다. 그 앓음이 박종필의 삶을 결정지을 만큼 대단했으리란 걸, 다큐를 보며 알았다. 이후 20년 동안 그는 장애, 빈민 현장의 영상활동가로 살았다. 오는 18일까지 유튜브에서 그의 다큐 세 편을 볼 수 있다. 당신이 그것을 보길 바라는 마음으로 이 글을 쓴다. 그리고 박종필의 정신을 이어갈 다큐멘터리 제작 집단 '다큐인'에 대한 연대와 후원을 요청한다. 언젠가는 죽는다는 사실을 잊지 않으며 살고 싶다. 내가 발 디딘 현장에 애타게 곡진해지고 싶다. 그의 다큐를 본다면 당신도 그럴 것이다. (2017. 8. 14)

아무도 무릎 꿇지 않는 밤

지난 8월 세상을 떠난 장애인부모운동 활동가 박문희 어머니의 추도식에서였다. 목이 메인 사회자가 몇 번을 쉬어가며 완결한 문장은 이런 것이었다. "어머님께서 활동을 시작하셨던 2004년, 강동구에 있는 고등학교엔, 특수학급이, 한 군데도, 없었습니다." 집으로 돌아오는 길, 조용히 그 문장을 읊조려보았다. 장애가 있는 중학생 아들을 둔 어머니가 백방으로 쫓아다니며 들었을 말. "강동구 고등학교엔 특수학급이 없습니다." 그 말을 듣고 터덜터덜 집으로 돌아가던 어느 밤, 그녀는 이렇게 읊조리지 않았을까.

"그럼 어떻게 할까요. 무릎이라도 꿇을까요."

지난 9월 5일 늦은 밤, 서울 강서구 특수학교 설립을 위한 주민토론회에서 장애 자녀를 둔 부모들이 주민들 앞에 무릎을 꿇었다.

"모욕을 줘도 괜찮고 때려도 맞겠지만 아이 학교만은 절대 포기할 수 없습니다."

눈물로 호소하는 엄마에게 주민들이 소리쳤다.

"쇼하지 마!"

특수학교 설립을 반대하는 주민들은 부자동네 양천구엔 한 개도 없는데 왜 힘없는 강서구에만 두 개나 짓느냐며 억울하다 했고, 한방병원을 지어야 할 자리이니 빼앗지 말라고도 했다. 그리고 부모들 앞에 무릎을 꿇었다. 지옥이 따로 없다, 생각했다.

발달장애 자녀를 둔 엄마들의 이야기 《그래, 엄마야》를 다시 꺼내 읽는다. 아이는 축복이 아니라 선고를 받는다. 도움 청할 기관은 어디에도 없다. 언어치료, 놀이치료, 운동치료, 물리치료. 치료의 종류는 끝이 없지만 판단은 모두 엄마의 몫이다. 용하다는 병원은 어디든 쫓아다니고 복지관이란 복지관은 다 찾아다니며 대기 명부에 이름을 올린다. 시댁의 냉대와 남편의 무관심 속에 홀로 분투하던 엄마는 어느 날 문득 깨닫는다.

'이게 치료가 되는 게 아니구나.'

그렇게 장애를 받아들인다. 그때부턴 거부당함의 연속이다.

동네의 흔한 유치원은 그림의 떡으로 변했고, 비장애 아이들과 어울리게 하는 건 엄마의 욕심이 되었다. 통합교육을 받게 하려고 일반 초등학교에 보냈지만 담임은 아이를 특수학급에만 보낸다. 교실엔 아이의 자리가 없다. 한 학기를 참았던 엄마가 선생님을 찾아간다.

"우리 아이 글씨도 쓸 줄 알고 이야기하면 알아듣습니

다. 반에서 수업하게 해주세요.”

오랜 시간 딸이 괴롭힘을 당했다는 사실을 뒤늦게 알고 학교를 찾아간 엄마에게 교사가 말한다.

“아이가 공부를 따라오는 것도 아닌데 굳이 학교에 다닐 필요가 있나요?”

특수안경을 쓰면 보이는 가상현실처럼 자녀가 장애를 입는 순간 그녀들 앞에 놀라운 지옥도가 펼쳐진다. 도처에서 엄마의 무릎을 꿇린다. 그러나 설마 이들 앞에만 유별나게 나쁜 사람들이 득실거리겠는가. 다른 구는 모두 이타적인데 유독 강서구 주민들만 이기적이겠는가. 주민들은 억울하다.

“장애인 다 싫어하잖아. 왜 우리한테만 그래!”

특수학교 설립은 정의가 아니다. 애초 학교가 경쟁하는 곳이 아니라 진정한 배움의 장이었다면, 그리하여 학교가 모든 학생을 차별 없이 받아들였다면 특수학교는 필요하지도 않았을 것이다. 아홉을 가진 사람이 하나를 가진 사람의 것을 마저 빼앗아 열을 채우고 싶어 할 때, 선심 쓰듯 내놓는 타협이 바로 특수학교다. 그런데 그마저도 가로막힌 밤, 엄마들이 묻는다.

“그럼 어떻게 할까요?”

2004년 박문희 어머니는 더 이상 세상에게 묻지 않기로 했다. 대신 자신처럼 외롭고 막막했을 엄마들이 더 이상 무릎 꿇지 않는 세상을 위해 삭발을 하고 싸움에 나섰다. 그로부터 13년. 장애인 교육에 대한 법과 제도는 확장되었지만 우리 사회의 인식 수준은 여전히 그때의 저열함에서 한 발짝도 더 나아가지 않았다. 그 밤, 엄마들이 우리 모두를 향해 무릎을 꿇었다. (2017. 9. 11)

선감도의 원혼들

1974년 열세 살의 이상민(가명)은 청량리역에서 신문팔이 생활을 했다. 어느 날 역전 파출소 경찰들이 마구잡이로 신문팔이 소년들을 잡아들이더니 서울아동보호소로 보냈다. 집이 있다고 아우성쳐도 소용없었다. 6개월 후 소년들은 안산시 선감도에 있는 선감학원으로 보내졌다. 집에 보내달라고 울며불며 애원하던 소년들에게 모진 매질이 가해졌다. 지옥 섬의 생활은 그렇게 시작되었다. 소년들은 한겨울에 바다에 들어가 굴을 캤고, 밤낮없이 뽕잎을 따다 누에를 먹였다. 어린아이가 오줌을 싸면 아이를 거꾸로 들어 맨바닥에 머리를 쳤고, 어떤 날은 과자를 준다며 아이들을 모아놓고 신나게 두들겨 팼다.

이상민과 같은 날 입소한 여덟 명 중 두 명이 얼마 안 가 죽었다. 한 명은 바다를 건너 도망치다 죽었고, 한 명은 저수지에서 시체로 떠올랐다. 소라와 낙지 같은 보드라운 것들은 죽은 소년의 몸에 붙어 눈구멍부터 파먹었다. 형편없이 망가진 시신들을 마을의 공동묘지 옆 맨땅에 관도 없이 묻었다. 개죽음이죠, 라고 이상민이 말했다. 그는 선감도에서 4년을 더 살다가 뒤늦게 사실을 알고 찾아온 엄마를 따라 그곳을 빠져나왔다.

1942년에 설립돼 1982년에 폐쇄된 선감학원은 경기도가 직접 운영한 부랑아 수용소였다. '불량 행위'를 하는 자들을 교화시킨다는 명분을 내세웠지만, 실상은 빈민들을 추방하고 격리하기 위함이었다. 껌팔이, 신문팔이, 구두닦이 일을 하던 소년들이 영문도 모르고 끌려와 감금되었다. 소년들의 머릿수는 공무원의 실적이 되었고, 도망친 소년들을 잡아오는 주민에겐 밀가루가 포상으로 주어졌다. 더러운 쥐의 꼬리를 잡듯이 모두가 혈안이 되어 남루한 꼬마들의 덜미를 잡던 시대였다. 무자비한 구타, 가혹 행위, 성폭행, 살인, 강제노동이 자행되었고, 공포를 견딜 수 없는 소년들이 바다를 헤엄쳐 탈출했다. 탈출에 실패한 소년들은 죽을 만큼 맞거나 정말로 죽어서 암매장되었다. 선감도의 야산에는 300여 구의 유골이 묻힌 것으로 추정된다.

1982년 폐쇄되어 조용히 잊힌 듯했던 선감학원의 실상은 안산의 한 지역사학자에 의해 다시 알려졌다. 그의 노력에 힘입어 2016년 경기도의회는 진상 조사를 위한 특별위원회를 꾸렸고 피해자들의 신고를 받았다. 내가 이상민을 만난 건 지난 2월이었다. 쉰여섯의 그는 선감학원 시절의 폭력으로 평생 허리와 다리의 고질적 통증을 안고 살았다. 대인기피증으로 평범한 사회생활을 할 수 없었고 밤이면 술 없이 잠을 잘 수 없다고 했다. 그가 알고 지내던 선감학원 피해자 중 한 명은 쪽방에서 혼자 살다 자살했고, 한 명은 연안부두에서 술을 많이 먹고 죽은 채로 발견됐다. 자살일 거예요, 라고 이상민이 말했다.

선감학원은 경찰과 공무원이 빈민을 상대로 자행한 국가폭력이지만, 가해자인 경기도는 관련 서류가 남아 있지 않다며 시치미를 떼고 있다. 이상민은 보상 따위 필요 없다고 하면서도 반드시 그 서류를 찾아야 한다고 말했다. 잊고 싶었으나 잊을 수 없었던 처참한 기억을, 가해자가 그토록 쉽게 잊어선 안 되는 것이다. 1시간여 인터뷰도 힘들 만큼 그는 건강이 나빠 보였지만 다음날 새벽같이 일하러 가야 한다며 서둘러 자리에서 일어섰다. 다리를 절룩거리며 카페를 나서던 그에게선 아직 덜 분해된 알코올과 이제 막 새로 붙인 3천 원짜리 파스 냄새가 뒤섞여 풍겨져 나왔다. 그리고 어제, 그의 부음을 뒤늦게 전해 들었다. 간경화라고 했지만 내 귀엔 어쩐지, 자살일 거예요, 하던 그의 목소리가 들리는 것 같다. 그의 명복을 빈다. (2017. 10. 16)

시뻘게진 눈알

박상호(가명)는 고아였다. 몇 군데의 보육원을 거쳐 아홉
살에 선감학원에 보내졌다. 추위와 배고픔, 구타와 강제
노역에 시달리며 4년을 살다 선감학원이 폐쇄되던 1980
년에 나왔다. 보육원으로 보내진 소년은 도망치다 붙잡히
길 반복했다. 네 번째 도망에 성공해 도착한 곳은 부산이
었다. 일자리를 찾아 자갈치시장에 갔던 소년은 '부랑아
선도' 차량에 붙들렸다. 소년이 끌려간 곳은 형제복지원.
소년은 그곳에서 7년을 살다 시설이 폐쇄되던 1987년에
서야 풀려났다. 소년의 나이 스무 살이었다.

돈도 없었고 가족도 없었다. 초등학교도 못 나왔고 허리
도 온전치 않았다. 그는 '사고를 치기 시작했다'. 술에 취해
비틀거리는 사람들을 두들겨 패 지갑을 털었다. 공장에서
일해본 적이 있지만 오래 버티지 못했다. 고아라는 사실
도, 형제원에서 나왔다는 사실도 숨기며 살았다. 인생이
통째로 비밀이 된 그는 사람들의 뜻 없는 눈초리에도 온
신경이 곤두섰다. 그는 껌이나 신문을 팔며 아리랑치기를
했고, 교도소를 들락거렸다.

경남 합천에서 출소자들과 함께 공동체를 이루며 살고
있는 박상호를 만났다. 인터뷰가 시작되기도 전에 '서울
에선 절대 구할 수 없는 깨끗한' 계란을 한가득 나에게 안

길 만큼 그가 나를 반겼지만 인터뷰는 어쩐지 쉽게 풀리지 않았다. 그는 자신이 당한 폭력을 구구절절이 설명하지도 않았고, 좀처럼 감정을 드러내지도 않았다. 고아원−선감학원−형제복지원−교도소로 이어지는 그의 비극적 인생 조각들은 깨진 유리 파편처럼 날카롭게 내 앞에 흩어져 있었으나, 이상하게 나는 슬프지도 아프지도 않았고, 다만 나의 무감각이 극도로 불편했다. 파편들을 맞추어 전체 그림을 완성하고 싶었다. 그래야 한껏 슬퍼하거나 분노할 수 있을 것 같았고, 그런 다음 마음의 안정을 찾고 싶었다. 그러나 전체 그림을 그리기엔 빈틈이 너무 많았다. 두 번째 만남에서 나는 그에게 이것저것 집요하게 물었다.

그러나 대화는 자꾸만 어긋나는 느낌이었다. 선감학원 후에 보내졌던 보육원은 주말마다 미군들이 와 과자를 나눠주던 '천국'이라고 했는데 왜 자꾸 도망쳤느냐고 묻자, 그는 "바깥세상이 궁금해서"라고 무뚝뚝하게 대답했다. 그러고는 선을 긋듯이 이렇게 말했다. "안 겪어본 사람들은 모릅니다." 나는 조금 무안해져 이번에는 '지옥 같았던' 선감학원은 왜 도망치지 않았느냐고 물었고, 그는 입안에 쓴 것이 가득한 표정으로 "선감도를 빙 둘러싸고 산이고 바다였다"고 대답했다. 그리고 나를 빤히 쳐다보며 말했다.

"그게 무슨 뜻인지 압니까."

그의 눈빛이 나를 밀어내는 것 같아 나는 은근한 반발심을 느꼈다.

마취된 것처럼 무직했던 감각이 별안간 되살아난 것은 《오두막》이라는 책을 읽었을 때였다. 그것은 박상호와 함께 십수 년을 생활한 공동체의 대표가 쓴 것이었는데, 거기에 박상호는 이렇게 언급되어 있었다.

"상호는 다음 끼니를 언제 먹을지 알 수 없었던 기억이 몸에 새겨져 있어 자주 폭식을 했다. 또 수시로 박탈감과 무력감에 화가 나서 누군가를 해치고 싶은 충동으로 이어지면 그걸 참아내느라 눈알이 시뻘게질 정도였다."

그것은 '언어'가 아니라 '몸'으로 말하는 고통이었고, 긴 시간 일상을 공유한 사람만이 들을 수 있는 증언이었다. 나는 내가 했던 박상호의 인터뷰 녹취록을 읽고 또 읽었다. '시뻘게진 눈알' 같은 건 어디에도 없고, 당신은 왜 모멸을 견디지 못했느냐고, 왜 '인간답게' 죽음을 무릅쓰지 못했느냐고 다그치는 듯한 나의 질문들만 가득했다. 나는 부끄러움을 느꼈다. (2017. 11. 13)

어느 날 나는 서울역이 내려다보이는 '서울로 7017' 위에
서 있었다. 서울로 7017은 노후화된 서울역 고가를 공원
으로 탈바꿈한 것인데, 서울시는 이 공원에 다섯 명의 '우
수한' 홈리스를 정원사로 취업시켰노라 광고했다. 그러나
한편으로는 공원에서 눕거나 구걸하는 행위를 금하고, 이
'우수하지 못한' 홈리스들을 감시하는 청원경찰 열여섯 명
을 두었다. 이런 이중성은 무척 서울스럽다. 나는 막 동자
동 쪽방촌에서 나와 어안이 벙벙하던 참이었다. 가난한
그 동네가 서울역 근처인 것은 알았지만 '그렇게까지' 근
처일 줄은 또 몰랐다. 당연히 도시의 후미진 뒤편 어디쯤
일 거라고 예상했는데, 골목을 빠져나오자마자 곧바로 번
쩍이는 서울역의 얼굴과 정면으로 맞닥뜨린 것이었다.

　'동자동사랑방'과 '홈리스행동'이 만든 홈리스 생애 기록
집 《생애조각을 모으다》를 읽었다. 죽은 사람들 18인에 대
한 기록이었는데, 고인의 지인들을 찾아다니며 인터뷰한
것이었다. 기록 작업은 쉽지 않았던 것 같다. 고인이 수년
동안 살았던 고시원의 총무는 고인에 대해 '정말로' 아는
게 없었고, 제법 친했다던 지인은 이렇게 말하는 것이다.

　"그 사람, 자기가 고아라고 했는데 죽고 난 뒤 보니까 가
족이 있더라고요."

그리고 엄청난 것들이 태연하게 조합된 이런 이야기들.

"그분이 한동안 안 보이다 나타났는데, 무료급식소 가던 길에 경찰 불심검문에 걸려서 한 달 동안 교도소에 있었다고 하더라고요."

기록자들은 자신들이 모은 조각이 고인의 생애를 구성하기엔 턱없이 부족하다며 자책했으나, 나는 생애의 조각조차 가난한 그것이 바로 가난의 생애인가 하고 생각했다. 젊은 시절 도로도 깔고 아파트도 지었던 사람들은 IMF 이후 일자리를 잃었고, 일자리를 잃자 잠자리도 함께 잃었다. 자신의 모습을 견딜 수 없어 술에 의존한 채 거리와 쪽방, 수용시설 사이를 전전하는 그들에겐 죽음조차 일찍 닥쳐왔고, 가난한 가족이 시신 인수를 포기하면 위탁업체에 맡겨져 화장장으로 직행했다. 부고 없는 죽음. 어떤 이가 말했다.

"친구라고 해봤자 절름발이에, 알코올 중독자이지만 우리의 추억이 그렇게 무시당할 일은 아니지 않습니까."

서울로 7017 위에서 서울역을 내려다보았다. 뒷덜미에 노을이 내려앉은 구 서울역이 무척 아름다웠다. 저곳은 최상근 씨가 돌아가신 자리. 그는 늘 화단 옆에 앉아 있었다고 했다. 어느 아침, 광장의 물청소를 피해 지하철역 2번

출구 뒤쪽으로 자리를 옮긴 그는 그날 오후 의식을 잃은 채 발견되었다. 그가 죽고 난 후 그의 작은딸이 화단 한편에 술 한 잔 부으며 울고 갔다 했다. 1997년 이맘때, 이제 막 서울에 도착한 나는 당시 대우빌딩이었던 서울스퀘어를 처음 보았다. 그것은 믿을 수 없이 거대해서 울고 싶을 정도였다. 그리고 거리에 흔한 노숙인과 그들을 투명인간처럼 대하던 '서울사람들'의 무심한 얼굴. 그 무심함조차 닮고 싶어 했던 20년 전 소녀가 떠오르자 문득 참을 수 없이 슬퍼졌다.

뒤를 돌면 광화문으로 이어지는 촛불의 거리다. 해마다 300명이 넘는 홈리스와 천 명이 넘는 무연고자들이 외롭게 죽어가는 이 거리에서, 집 없는 이들에게 주거비를 지원하는 데엔 고작 26억을 쓰면서 이들을 추방해 격리하는 수용시설에는 237억의 예산을 쓰는 이 현실에서, 촛불은 어디까지 왔나. 다음 주, 밤이 가장 긴 동짓날을 맞아 거리에서 죽어간 홈리스를 위한 추모 행사가 열린다. 다시, 촛불 하나 들어야겠다. 연대와 후원을 바란다. (국민은행 410101-01-299715 홈리스행동) (2017. 12. 11)

3

비장애인으로 살아간다는 것

장애여성을 위한 글쓰기 교육에서 강의를 했다. 나는 당사자들만이 쓸 수 있는 글이 있다며 내가 만났던 장애인들의 이야기를 들려주었고, 아마 조금 울먹였던 것 같다. 수업이 끝나자 한 여성이 다가와 말했다.

"선생님은 감수성이 뛰어나신 것 같아요."

조금 부끄러워진 내가 손사래를 치며 그 자리를 벗어나려는 순간 그녀가 이렇게 말했다.

"나도 비장애인이라면 그렇게 말할 수 있을 것 같아요. 그런데 우리는 당사자니까…."

그녀의 말엔 조금의 비아냥도 없었으므로 나는 마음이 처연해졌다. 한동안 그 말이 내 몸속을 돌아다니며 잊힌 기억들을 툭툭 건드리고 다녔다.

노동절 집회 도중 체포된 남편에게 구속 영장이 신청된 날이었다. 너무 무서웠는데 무섭다는 소리가 목구멍에 걸려 나오질 않았다. 남편이 구속될 위기에 처한 아내에게 형사가 보인 멸시와 푸대접이 비현실적일 만큼 적나라해서 나는 본능적으로 알았다. 저들은 남편을 가두거나 가두지 않을 권력을 쥐었고, 내가 할 수 있는 일은 그저 납작 엎드리는 일뿐이라는 걸. 불타는 분노는 우리를 도우러 온 따뜻하고 정의로운 사람들의 몫이었다. 처음으로 '비참'이라는 말의 뜻을 이해했다. 오랜 시간 절박한 이들과 함께했다고 생각했는데, 나는 어디까지나 연대하는 사람이었을 뿐 당사자가 아니었다는 걸, 둘의 세상은 완전히 다르다는 걸 그제야 알았다. '손 벌리는 자'의 마음에 대해 아무것도 모르면서 '손 잡아주는 자'의 자부심으로 살아왔던 시간이 부끄러워서 펑펑 울었다.

스페인 산티아고 길을 여행할 때였다. 값싼 숙소에 한데 뒤섞여 지낸 각국의 여행자들은 두 부류로 나뉘었다. 영어를 하는 사람과 못하는 사람. 후자인 나는 다른 언어를 쓰는 사람이 아니라 그저 영어를 못하는 사람이었다. 영어를 쓰는 사람들은 스페인에 사는 현지인이 영어를 못한다는 사실조차 불만이었다. 남의 나라에 와서도 자기 나라 말을 요구하는 자들의 그 엄청난 권능이 부럽고도 싫었다. 그땐 그것이 '남자로 살아가는 것'과 비슷하겠다고 생각했는데, 이제 와서는 그 무지함이 평생의 내가 그랬듯, '비장애인으로 살아간다는 것'과 비슷하다는 걸 깨닫는다.

비장애인은 장애인이 꿈도 꾸지 못할 자유를 아무 노력 없이 누리면서도 일상의 작은 불편조차 장애인의 탓으로 돌림으로써 그들을 격리하고 가두는 엄청난 권력을 행사한다. 인구의 10퍼센트가 장애인이지만 그들의 존재는 드러나지 않고, 바로 그 이유 때문에 비장애인들은 일상적으로 자신들의 가해 사실을 인식할 수조차 없다. 한때 남성들이 자신이 여성혐오의 잠재적 가해자임을 선언하는 장면에 나를 대입하면 식은땀이 난다. 나는 장애인차별의 잠재적 가해자가 아니라 확실한 가해자이며, 이 시스템의 분명한 수혜자이다. 비장애인인 내가 이 지면에 장애에 관한 글을 쓰는 것이 그 증거다.

'장애인의 목소리는 잘 들리지 않는다'고 말하는 내 목소리가 너무 크진 않은가 신경이 쓰였으나, 이 지면의 새로운 필자에 장애인 당사자와 그 가족이 있어 마음의 짐을 조금 내려놓았다. 세상의 변화는 '장애인'에 대해 이야기할 때가 아니라 '장애인에게 닥쳐온 어떤 세상'에 대해 이야기할 때 시작되며, 그것은 이 폭력적인 사회에서 아무런 제약 없이 살아가는 90퍼센트의 사람들이 비로소 '비장애인으로 살아간다는 것'에 대해 성찰할 때일 것이다. 나는 그것을 글쓰기 교육에서 만났던 그 장애여성으로부터 배웠으므로, 당사자의 말하기, 그 어려운 일을 그녀가 이미 해냈다는 점만은 분명히 말해주고 싶다. (2018. 1. 8)

어차피 깨진 꿈

집시법 위반으로 2년 6개월 형을 구형받은 박경석(전국장애인차별철폐연대 대표)의 최종 선고일이 모레로 다가왔습니다. 존경하는 재판장님, 긴 탄원의 행렬에 합류하기 위해 많은 글들을 읽어보았습니다. 검찰의 공소장은 달랑 7쪽인 데 비해 변호인단의 변론서는 110장이 넘고, 탄원서는 7천 장에 가까웠습니다. 낙인을 찍는 일은 간단하지만 그것을 지우는 일은 무척 어렵다는 걸 실감합니다. 어떤 사람의 평생이 필요한 일일지도 모르겠습니다.

박경석은 꿈이 외항선을 타고 오대양 육대주를 누비는 마도로스였다고 했습니다. 그러나 1983년, 스물넷의 나이에 행글라이딩을 하다 사고로 장애를 입습니다. 그후 그는 5년을 집에서 보냈습니다. '허리 아래 괴물같이 달라붙은' 하반신처럼 삶이 무감각했습니다. 그는 죽기로 결심합니다. 슬퍼할 어머니를 위해 집이 아닌 곳에서 죽기로 하죠. 고향인 대구가 좋겠다고 생각합니다. 그러나 서울에서 대구까지 갈 방법이 없습니다. 택시를 불러야 했지만 그에겐 택시비도 없었죠. 마침 그의 형이 성경을 백 번 읽으면 용돈을 주겠다고 합니다. 그때부터 죽기 위한 필사의 노력이 시작됩니다. 그리고 그의 감각이 서서히 깨어나기 시작했죠.

1994년 박경석은 노들장애인야학의 교사가 되었습니다. 차별 없는 세상을 꿈꾸던 청춘들과 어울리며 정을 나누는 것이 좋았습니다. 그러나 비장애인이던 대부분의 교사들은 때가 되면 자신의 꿈을 찾아 떠났습니다. 마도로스가 되고 싶었던, 하늘을 날고 싶었던 그는 항구처럼, 공항처럼 그 자리에 남아 떠나는 동료들의 뒷모습을 바라보았습니다. 그때였을지도 모르겠습니다. 그가 자신의 닉네임을 '어깨꿈'으로 정한 것이. 어차피 깨진 꿈이라는 뜻입니다. 어쩌면 그 뼈저린 포기가 그를 구원했는지도 모르겠다고 저는 생각합니다.

　2001년 2월 6일 지하철 서울역 플랫폼. 한 무리의 장애인들이 선로 아래로 내려갑니다. 오이도역에서 리프트가 추락해 장애인이 떨어져 죽은 일에 항의하기 위해서였습니다. 장애인이 한 달에 다섯 번도 외출하지 못하던 시절이었습니다. 지하철이 30분간 멈추자, 30년간 집 안에만 갇혀 있던 절망들이 세상에 모습을 드러냈습니다. "병신 새끼들." 선량한 시민들이 잔인한 말을 쏟아냅니다. 그때 박경석이 이렇게 외칩니다.

　"좋습니다. 우린 병신입니다. 그러나 당당한 병신이고 싶습니다. 병신에게도 인간답게 살 권리가 있다는 걸 알려

줍시다."

순간, 현장에 있던 사람들의 가슴속에 작은 불씨가 탁, 하고 켜졌습니다.

그리고 13년이 지나 2014년 4월 20일이 되었습니다. 네, 맞습니다. 검찰의 공소장 맨 첫 페이지에 있는 바로 그날입니다. 우리는 여전히 이동할 권리를 요구하고 있었습니다. 그러나 많은 것이 변했습니다. 우리는 우리가 만든 버스와 지하철을 타고 우리가 갈 수 있는 가장 먼 곳에 도착해 있었으니까요. 그러니까 우리는 서울고속버스터미널에 있었습니다. 그곳엔 우리가 함께 탈 수 있는 버스가 단한 대도 없었습니다. '차선을 넘었다'는 말은 이상합니다. 길은 끊겨 있었으니까요.

박경석 대표가 버스를 타고 대구로 가는 장면을 상상합니다. 터미널까지 오는 데 17년이 걸렸는데, 대구까지 가려면 얼마의 시간이 더 걸릴까요. '장애인과 함께 버스를 탑시다'라는 말을 하는 데 그의 인생 전체가 필요했습니다. '고작, 버스'라고 말하려는 게 아닙니다. 그 반대입니다. 그가 싸워온 건 평생 자신을 옥죄던 굴레였고, 그 싸움이 그를 살게 했으므로, 저는 이 문장이 어쩐지 숭고하게 느껴집니다. 누군가의 평생이 있어야만 평범한 사람들의

작은 상식이 바뀔 수 있다는 사실은 고통스러운 위로입니다. 선처를 바랍니다. (2018. 2. 5)

세상 끝의 사랑

팟캐스트 〈세상 끝의 사랑〉을 듣는다. 삼풍백화점, 용산 참사, 태안 해병대 캠프 등 사회적 참사의 유가족들이 출연해 이야기하는 이 방송의 진행자는 세월호참사의 유가족 유경근 씨다. 말하자면 19년 전 씨랜드 청소년수련원 화재 참사로 일곱 살 쌍둥이 딸 둘을 잃은 아버지와 4년 전 세월호참사로 열여덟 살 쌍둥이 딸 하나를 잃은 아버지가 나누는 대화. 제작진의 표현을 빌리자면 '세상 끝에서 돌아온 사람들의 이야기'다.

씨랜드 화재 사고 소식을 듣고 아버지가 현장으로 달려갔을 때, 시신은 이미 국과수로 옮겨진 후였다. 정신없이 달려간 국과수에서 아버지는 시신들이 많이 상했고 뼈도 조각이 나 있어, 신원 확인에 두 달은 걸린다는 이야기를 들었다. 화재의 원인을 밝히는 데에도 오랜 시간이 걸릴 것이라 했다. 그러나 사흘 후 어찌된 일인지 경찰은 화재 원인이 모기향이라고 발표했고, 곧이어 국과수에서 신원 확인이 끝났으니 시신을 인수해 가라고 했다. 조사 결과를 믿을 수 없었던 유족들은 화성군, 화성경찰서, 국과수를 쫓아다니며 항의하다가 결국 38일 만에 장례를 치렀다.

"아이의 시신을 매장하고 싶다는 부모도 있었는데, 제가 설득했습니다. 우리, 국과수 말 믿을 수 없잖아요. 하늘에서만큼은 우리 아이들이 자기 팔다리 찾아가게 합시다. 그래서 열아홉 명 아이들을 화장해 한곳에 뿌렸습니다. 화성에서 가장 먼 곳, 주문진 앞바다 4킬로미터 지점이에요."

참사의 어마어마한 무거움에도 불구하고 나는 이 방송을 진심으로 좋아하는데, 그것은 유가족들의 대화가 주는 이상한 위로 때문이다. 38일 만에 딸들의 장례를 치른 아버지가 한숨을 뱉듯이 "포기한 겁니다"라고 말하자, 진행자인 또 다른 아버지가 힘주어 말한다.

"너무 외로웠기 때문이 아닙니까. 그때 누군가 와주었다면 좀 더 버티지 않았겠습니까."

좀처럼 감정을 드러내지 않던 게스트가 문득 진행자에게 "분하지 않으세요?" 하고 물으면, 진행자가 답한다.

"분하죠. 어떤 때는 정말, 누구 하나 죽이고 같이 따라죽고 싶죠."

이것은 꼭, 둘이서 하는 혼잣말 같다.

이한열 열사의 어머니가 "망월동에 한열이를 묻어놓고 돌아와, 1년 동안 현관에 불을 못 껐어요"라고 말하자, 진행자인 예은 아빠 유경근 씨가 말을 잇는다.

"저는 아직도 아파트 비밀번호를 못 바꿨습니다."

그러면 어머니가 말한다.

"세상에서 제일 귀한 걸 뺏겼는데, 그보다 중한 게 뭣이 있다고 비밀번호를 바꾸겠어요. 나는 대문도 못 닫았습니다. 아직 들어오지 않은 아이가 있으니."

30년 전 아들을 잃은 팔순 여인의 메마른 목소리가 4년 전 딸을 잃은 중년 남자의 젖은 목소리를 감싼다.

"그쪽은 나보다 젊어 당했으니 더 오래 힘들겠구먼."

이것은 그녀가 30년 전 젊은 자신에게 하는 말 같다.

이 세상에 신이 있다면 바로 저 스튜디오 안에 있을 것 같다고 나는 생각했다. 악의적 왜곡이나 게으른 편견 같은 세상의 소음으로부터 완벽하게 차단된 두 사람 사이의 공간. 당신의 긴 이야기를 함부로 요약하지 않을 것이며, 맥락을 삭제한 채 인용하지도 않을 것이라는 믿음의 공간. 그 절대적 안전함 위에서 두 사람이 만들어내는 떨림, 머뭇거림, 한숨, 침묵, '말할 수 없음'의 긴장이 만들어내는 가늠할 수 없는 깊이. 진실은 잘 정리된 핵심에 있는 것이 아니라 질문하는 사람과 대답하는 사람의 사이에서 새롭게 태어남을 배운다. 타인의 고통을 이해하려 애쓰면서도 그것이 얼마나 불가능한 일인지를 깨달으며 4월 16일에 닿고 싶다. 많은 사람들이 이 방송을 듣기를 바란다. (2018. 3. 5)

다시 봄 마주하기

"2학년 □반 ○○○의 큰누나 △△△입니다."

소개는 보통 이런 식이었다. 간혹 나름의 고민과 선택으로 자신의 이름 석 자만 소개하는 경우도 있었으나, 그 자리에 모인 십여 명의 청년들 대부분은 자신을 누군가의 언니, 형, 동생으로 설명했다. 모르고 간 게 아니었는데도 막상 똑같은 형식의 자기소개가 이어지자, 나는 조금 먹먹해졌다. 세월호참사 유가족, 그중에서도 단원고 희생자들의 형제자매들이었다. 작년, 이들은 사회적 참사의 현장을 방문하는 여행 프로젝트를 기획했고, 나는 작가기록단의 일원으로 이 여행에 참여했다.

짧게는 하루, 길게는 사흘, 우리는 총 다섯 번의 여행을 함께했다. 참사 초기 집회에서 마이크를 잡던 형제자매들은 바싹 마른 잎사귀처럼 바스라질 것 같았는데, 여행에서 만난 그이들은 싱그러운 청춘의 얼굴들을 하고 있어서 나는 감격했다. 하지만 그들이 짊어진 청춘의 과업은 듣기만 해도 절로 한숨이 쉬어지는 것들이었다. 누가 나에게 청춘을 줄 테니 그 과정을 다시 밟겠느냐 물으면 대번에 거절할 것이다. 대학 진학, 군 입대, 취업 준비, 실연, 그리고 부모와의 갈등까지. 그 불안하고 뜨겁고 왕성한 혼돈의 시기에, 그들은 세월호참사를 겪었다. 세상의 끝을, 인간의 밑바닥을 보았다.

안산 고잔동에 벚꽃이 피면 그 잔인했던 봄의 감각이 되살아나는 사람들. 낯선 이름의 항구, 지옥 같은 기다림, 살을 에는 바닷바람, 물에 퉁퉁 불은 시신들, 장례식장의 어린 영정, 빈소를 가득 채웠던 어린 조문객들, 쥐새끼처럼 찰칵거리는 카메라 셔터 소리, SNS에 퍼지던 믿을 수 없는 비난과 조롱, 그리고 온 세상의 수군거림. 세월호의 '세' 자만 나와도 온몸이 도사려지고, 악의 없는 말에도 심장을 베이던 나날. 그리하여 핸드폰에 저장된 사람들의 이름을 한 명씩 한 명씩 울면서 지워갔던 시간들. 봄은 별안간 닥쳐오지만, 이들에게 그 봄을 마주하기란 얼마나 고통스러울까.

세월호참사에 대한 비방글을 모니터링해 고소·고발했던 한 유가족 누나에게 그 일이 어땠냐고 물었다. 그녀는 형제자매들의 모임에서도 큰누나처럼 사람들을 챙겨왔고 좀처럼 감정을 드러내지 않는 차분한 사람이었다.

"하지 않는 게 좋았어요."

한치의 망설임도 없이 그녀가 대답했다. 순간 가슴에 바람 같은 것이 지나갔다.

'안산 쓰레기 동네에 어차피 쓰레기 될 애들'.

죽은 동생을 모욕하는 비수 같은 말들을 두 눈 부릅뜨고 읽어내야 했던 그녀의 봄.

"누가 그런 일 하겠다고 하면 말리고 싶어요."

담담하게 말하는 그녀의 얼굴을 한참 동안 바라보았다. 하지 않는 게 좋았지만 하지 않을 수 없었다는 걸 잘 아는 얼굴. 자신에게 닥쳐온 운명을 피하지 않고 온몸으로 받아들인 사람만이 할 수 있는 말에 나는 늘 마음을 빼앗긴다.

작년 12월, 그 여행의 마지막에 우리는 제주도에 도착했다. 우리가 기어이 마주해야 할 것이 바로 거기에 있다는 듯이. 희생된 언니, 오빠, 동생이 향하던 곳, 그러나 끝내 닿지 못한 땅. 가지 않았다면 더 좋았을 곳, 그래서 누군가에겐 가지 않을 수 없게 되어버린 바다. 살면서 절대 마주할 자신이 없는 나의 봄이 생길 때, 나는 그 형제자매들을 생각할 것이다. 손잡고 배우고 이야기하며 떠났던 그들의 슬픈 여행을, 천천히 기어이 함께 도착했던 제주의 아름다웠던 바다를 기억할 것이다. 너무 아파서 차마 눈을 뜰 수가 없다는 이에게 눈을 감아도 괜찮다고, 다만 네가 혼자 있지 않았으면 좋겠다고 말해주던 그 따뜻한 눈길을 생각할 것이다.

우리가 함께 마주해야 할 네 번째 봄이 왔다. (2018. 4. 2)

끝나지 않은 대추리

2006년 5월 4일 새벽 평택 대추리는 경찰과 군인 1만 6천여 명에 의해 완전히 포위되었다. 미군기지 확장에 반대해 3년 동안 투쟁하던 대추리 주민들에 대한 행정대집행이었다. 새벽부터 시작된 진압 작전은 저녁이 다 되어 끝났다. 격전지 대추초등학교에선 하루 종일 비명소리가 끊이지 않았다. 사람들은 피투성이가 되어 끌려나왔다. 524명이 체포되었다. 주민들은 하루 종일 울었다. 그 아수라 속에서도 경찰은 보란 듯이 포클레인으로 학교의 기둥을 쓰러뜨리고 나무들의 허리를 분질렀다. 군대가 쳐들어와도 끝까지 싸우겠다던 주민들의 의지가 꺾인 것은 그때였다.

　미군기지에 수용될 그 옥답들은 3년간 하루도 빠짐없이 촛불을 들었던 허리 굽은 노인들이 시퍼렇게 젊었던 시절 맨손으로 바다를 메워 만든 것이었다. 가래로 둑을 쌓아 바닷물을 막고 갯벌 위에 모를 심었다. 소금기 때문에 모가 빨갛게 타버리기 일쑤여서 한 해에도 세 번 네 번 모를 심었다. 그 일을 수년간 반복한 끝에 갯벌은 비옥한 논이 되었다. 마을의 풍요를 반영하듯 아이들이 늘어났다. 주민들은 집집마다 쌀을 걷어 학교 부지를 샀고 교육청에 기부했다. 1969년 대추초등학교는 그렇게 개교했다. 학교는 그들의 지독했던 가난과 못 배운 한을 자식들에게만은 물려주지 않으려던 꿈과 의지였고 피와 땀이었고, 마을의 상징이자 자부심이었다.

학교가 부서지자 빈집이 늘어나기 시작했다. "정부는 못 이긴다"는 체념을 타고 "협의하고 나가면 8평 상업용지 분양권을, 협의하지 않으면 5평의 분양권을 준다"는 소식이 사람들 사이를 파고들었다. 모두 똘똘 뭉쳐 땅을 지키자고 촛불을 들었던 밤에도 누군가는 야반도주하듯 동네를 떠났다. 정부에선 "이사 지원비를 받으려면 집을 부수고 떠나라" 했다. 빈집이 '외부세력'의 거점이 되는 것을 막기 위해서였다. 사람들은 울면서 자신의 집을 부수었다. 나는 부서진 집의 더미들을 영상으로 보았을 뿐인데, 그것은 마치 난자당한 시신에서 창자가 쏟아져 나온 듯 처참했다. 마을은 집의 시체들로 즐비했다. 집도 학살될 수 있다는 것을 처음 알았다. 마을은 그렇게 파괴되었다. 2007년, 마지막까지 싸우던 40여 가구가 대추리를 떠났다. 그들은 실향민이 되었고 실업자가 되었다.

전쟁 같았던 5.4 행정대집행으로부터 12년, 울면서 마을을 떠났던 때로부터 11년이 흘렀다. 그 세월의 이야기를 듣고 기록하기 위해 평택 노와리의 이주단지(마지막까지 싸우던 주민들이 함께 이주해 살고 있다)를 찾았던 나는 세 번 놀랐다. 새로 조성된 마을의 아름다운 외관에 한 번 놀랐고, 동네를 돌아보고서는 그 적막함에 두 번 놀랐으며, 문을 열고 들어섰을 땐 집안 가득 채운 한숨과 체념에 세 번 놀랐다. 정부는 이길 수 없다는 체념과 패배감, 다시 못 볼 사이가 되어버린 이웃에 대한 그리움과 비애, 노년의 외로움과 쓸쓸함에 숨이 막힐 것 같았다. 그들이 잃은 건 피땀으로 일군 땅뿐만이 아니라 돈으로는 보상할 수 없는 공동체의 역사 그 자체였다.

정부는 생계 대책으로 내놓았던 상업용지도 아직 공급하지 않았고, 집단이주 후에도 '대추리'라는 행정지명을 계속 쓰도록 해주겠다던 약속도 지키지 않았다. 남북정상회담이 이루어지던 날, 나는 11년 전 대추초등학교 운동장에 사람들이 묻었던 타임캡슐 속 소원들을 보고 있었다.

"평화는 온다. 반드시."

그날만은 그것이 대단한 예언처럼 보였다. 그러니 그 옆에 또 다른 예언에도 가슴이 뛰는 것이다.

"다시 돌아온다."

평화가 온다는 건, 쫓겨난 사람들이 다시 돌아온다는 것. 그러니 싸움은 아직 끝나지 않았다. (2018. 4. 30)

제물포터널과 서부간선 지하도로가 교차하는 우리 동네 (서울 영등포구 양평동)는 공사판이 된 지 오래다. 민관협의체에 나온 주민들이 "집이 흔들리는데 어찌된 일입니까" 하면 공사 관계자들의 대답은 늘 이런 식이다.

"발파 진동의 관리 기준은 0.3카인인데 지금은 0.05카인입니다."

요는 아무런 문제가 없다는 것인데, 앞뒤 숫자를 바꾼다 해도 주민은 알 수가 없다는 게 함정이다. 주민 측 위원보다 다섯 배 쯤 더 많은 공사 관계자들에 둘러싸여 낯선 토목 용어들을 서너 시간 동안 듣고 있다 보면, 저들은 인간이고 나는 한 마리의 노루가 된 것 같은 생각이 든다. 무척 당황스럽고 굴욕적이며 이상하게 부끄러운 기분이 되는 것이다.

내 입에선 고작 "이건 너무 위험하지 않나요?" 같은, 하나 마나 한 말밖에 나오질 않는다. 저들의 언어가 정교한 문명의 것이라면 우리의 불안은 그저 원시의 소리 같다. 그럼에도 나는 터널 발파 공법이나 매연 정화 시스템 따위를 공부하는 데엔 단 하루도 쓰고 싶지 않은데, 혹여 정의감에 불타 머리를 싸매고 공부한다 해도, 어설프게나마 저들의 토목 용어 일부를 더듬더듬 구사할 즈음이 되면 터널 준공식이 거행되고 있을 게 뻔하기 때문이다. 노루가 인간의 언어를 배운다는 게 가당키나 한가. 바로 이런 생각이 저들이 노리던 바였고, 부끄럽게도 나는 정말로 그렇게 생각하게 되어서, 더 이상 민관협의체에 나가지 않았다.

그 와중에 동네 생태공원이 있던 자리에 축구장이 건설된다는 발표가 있었다. 인근에 사는 주민들이 소음, 주차난 등의 문제를 들며 반대 의견을 이미 전달했음에도 전혀 받아들여지지 않은 것이다. 답답한 주민들이 구청을 찾아갔을 때 한 여성 주민이 말했다.

"어린이집 아이들은 산책할 곳이 없어서 아파트 놀이터를 전전하고 있어요."

또 다른 여성이 말했다.

"남편하고 다툴 일이 있어도 아이 앞에선 싸울 수가 없으니까 공원 가서 이야기도 하고 화해도 했어요. 공원이란 그런 곳이에요."

나는 메모하던 손을 멈추고 그녀들의 얼굴을 쳐다보았다.

그 순간 내 눈엔 그들이 이제 막 고속도로 위에 발을 들여놓은 노루처럼 이질적이고 위태로워 보였고, 그녀들의 부드럽고 축축한 목소리에 전혀 공명하지 못하는 구청 문화체육과 사무실은 한층 더 삭막하게 느껴졌다. 아니나 다를까 중년의 남성 관료가 노루들의 이 '사소한' 절실함을 참을성 있게 듣지 못하고 그만 역정을 내고 말았는데, 예상과 달리 노루들은 전혀 쫄지 않고 도로 한복판으로 뚜벅뚜벅 걸어 나가 이렇게 말하는 것이었다.

"그럼 아이들은 어디서 뛰어놀죠? 그 작은 땅마저 꼭 빼앗아야 하나요? 축구장은 남자들만 좋은 공간이잖아요."

그 순간 나는 무언가가 역전되었다고 느꼈다. 이 세계를 떠받치는 질서가 한없이 초라해 보이고, 가냘픈 다리로 딱 버티고 선 노루가 한없이 위엄 있어 보이는 것이었다.

11억 예산의 축구장도, 1조 원의 지하터널도, 규모만 다를 뿐 그 추진 방식이 똑같다. 처음 겪어본 관의 행태에 무력감과 패배감을 갖고 있던 나를 다시 일깨운 것은 생명을 키워낸 사람들의 생생한 언어였다. 고통과 희열, 자긍심이 알알이 박힌 따뜻하고 보드랍고 축축한 말들. 상상조차 할 수 없는 거대한 지하 세계가 아니라 여기에서부터라면 뭔가 시작해볼 수도 있지 않을까, 하고 나는 생각했다. 어른과 남자, 자동차가 점령해버린 이 도시에 여성과 아이, 노인과 장애인 그리고 노루의 영토를 조금씩 넓혀가는 작지만 확실한 승리의 경험 같은 것 말이다. 그런 경험이 쌓이다보면 종종 노루가 인간이 되었다는 기적이 들려올지도 모를 일이니. (2018. 5. 28)

다큐 〈어른이 되면〉을 보았다. 감독 장혜영의 동생 장혜정은 중증발달장애를 가졌다는 이유로 열세 살에 시설에 들어갔다. 감독은 긴 시간이 흐른 후에야 동생의 삶을 동생 스스로 선택한 적이 없음을 깨달았고 그녀를 데려와 함께 살기로 한다. 그러나 당장 받을 수 있는 복지서비스가 아무것도 없다. 감독은 묻는다. 왜 누군가를 돌보는 일이 다른 누군가의 삶을 포기해야 한다는 뜻이 되어야 할까.

초등학교 시절 혜영은 오전에는 동생의 교실에 있다가 동생의 수업이 끝나면 자기 반으로 가 수업을 들었다. 혜영이 중학교에 가게 되었을 때 동생은 시설로 보내졌다. 언니의 삶을 위해서, 라고 했다. 시간이 흘러 언니는 깨달았다. 누군가의 삶이 다른 사람의 삶을 이유로 갑자기 사라져버릴 수 있다면 남아 있는 삶 역시 온전히 그 자신의 것이 될 수 없다는 것을. 언니 혜영은 말한다.

"혜정이와 같이 살기 위해서는 두 개의 시간이 필요하다. 하나는 나의 시간이고 하나는 혜정이 언니의 시간이다. 혜정이를 시설로 보낸 대가로 얻어진 시간이 아니라 우리가 함께 살아갈 수 있음을 전제로 하는 진짜 나의 시간을 찾고 싶다."

그래서 그녀는 한동안 다시 '혜정이 언니의 시간'을 살기로 한다.

혜영은 이제 어마어마하게 불확실해진 세상 속으로 나아간다. 나는 그녀가 인생이라는 바다를 탐험하는 항해사 같다는 생각을 한다. 배는 정박해 있을 때 가장 안전하지만 그러라고 있는 존재가 아니듯, 인생 또한 그러함을 잘 아는 사람. 그녀는 삶의 모호함과 불가해함을 온몸으로 받아안기로 한 것처럼 보인다. 이 다정한 언니의 시간을 통제하는 건 이제 막 지구에 도착한 외계인처럼 엉뚱하고 흥이 많은 동생뿐이다. 그리하여 6개월의 항해를 마치고 돌아온 자매의 이야기 보따리에는 세상 사람들이 기대하는 도전과 응전의 스펙터클 대신 작은 일상과 상냥함이 가득하다. 친구의 결혼식에 가기 위해 함께 화장을 하고 스테이크 써는 법을 가르쳐주는 시간 같은 것.

혜영의 친구가 물었다. 안정된 삶에 대한 욕망 같은 거 없어? 혜영이 대답하길, 나는 이게 안정된 상태야. 어느 인터뷰에서 그녀는 이런 말을 했다. 아침에 5분만 더 자겠다는 동생을 보면서 방문 닫고 나올 때가 진짜 행복하다고. 누군가를 돌본다는 건 자신이 겪어본 가장 평화로운 경험이라고. 그 말은 다시 영화 속 내레이션으로 이어진다.

"혜정이를 돌봐야했던 어린 시절, 나는 자유로워지고

싶었다. 하지만 어느 날 혜정이가 시설로 사라졌을 때 내게 찾아온 것은 자유가 아니었다. 그저 혜정이의 빈자리가 마음속에 동그랗게 남아 있었다."

나에게 이 영화를 한마디로 줄이라면 '마음속 동그란 빈자리'라고 말하겠다.

'그리워'를 영어로 말하면 '아이 미스 유'. 내 존재에서 당신이 빠져 있다, 그래서 나는 충분한 존재가 될 수 없다, 그런 의미라고 어디에선가 보았다. 감독은 어느 날 13년을 함께 자란 동생이 사라지자 자신의 존재에서 동생이 빠져 있음을, 그래서 자신은 충분한 존재가 될 수 없음을 알았다. 나에게도 그런 동그란 빈자리가 있다. 타인을 위해 자기를 온전히 내어주고 동시에 진정한 자기다움을 찾기 위해 충분히 애쓰는 존재들을 보면 시큰시큰 아파오는 자리. 세상엔 배워야 할 것이 참 많은데 다정함도 그중 하나임을, 세상엔 필요한 권리가 참 많은데 '자매가 함께 무사히 할머니가 될 권리'도 그중 하나임을 알았다. 기분이 좋다. 이 다큐를 7월 7일까지 유튜브에서 무료로 볼 수 있다. 많은 사람들이 보았으면 좋겠습니다. (2018. 6. 25)

버튼에 대한 감각

친구가 글쓰기 강좌를 듣고 싶어 했다. 그녀는 뇌성마비 장애가 있고 전동휠체어를 탔다. 신촌의 한 빌딩 내에 있는 문화센터를 추천해주며 장애인 화장실이 있는지 확인해봐야겠다고 말하자, 그녀는 없어도 괜찮다고 했다. 그런 것은 기대조차 하지 않으며 충분히 참을 수 있다(?)는 뜻이었다. 그러면서 자신이 누를 수 있도록 엘리베이터 버튼이나 낮게 설치되어 있었으면 좋겠다고 말했다. 나는 뒤통수를 한 대, 아니 두 대쯤 얻어맞은 느낌이었는데, 한 대는 그녀가 강좌 하나를 듣기 위해 저녁 내내 오줌을 참는 일을 익숙하게 받아들인다는 것이었고, 또 한 대는 새로운 공간에 대한 고려 사항 목록에서 무려 화장실을 뺀 자리에 엘리베이터 버튼을 넣는다는 점이었다. 버튼의 높이 같은 것은 얼마나 사소한지, 나는 심장이 조금 아픈 느낌이었다.

서울 지하철 신길역에서 한경덕 씨가 사망했다. 버튼의 위치 때문이라고 했다. 베트남전 상이군인이었던 그는 1986년 교통사고까지 당해 하반신과 왼팔이 마비되었다. 1호선에서 5호선으로 갈아타려던 그의 앞에 절벽과도 같은 계단이 나타났다. 리프트를 타기 위해서는 역무원을 호출해야 했다. 버튼은 절벽 앞에서 조그맣게 빛나고 있었다. 왼손을 뻗으면 닿을 수 있는 위치였지만 그는 왼팔을 쓰지 못했다. 오른팔을 버튼 가까이 밀착시키기 위해 그는 낭떠러지 같은 계단을 등진 채 휠체어를 조심조심 후진시켰고, 순간 동그란 바퀴가 각진 계단의 모서리를 벗어났다. 그의 몸은 지난 10년간 그와 고락을 같이 해온 육중한 중고 독일제 전동휠체어와 함께 낭떠러지 아래로 굴러떨어졌고, 그는 98일 후 세상을 떠났다.

오래전 나는 실제 리프트 추락사고 영상을 본 적이 있다. 사고를 당한 이는 내가 야학에서 한글을 가르치던 학생이었다. 장애인 이동권을 요구하는 집회를 마치고 서울역에서 리프트를 타던 그를 동료가 우연히 촬영하던 중에 사고가 일어났다. 그는 100킬로그램이 넘는 전동휠체어에 짓눌리며 시멘트 계단에 머리를 부딪쳐 두개골에 금이 가는 중상을 입었다. 무엇보다 섬뜩했던 건 그날 그 리프트를 탄 것이 그 혼자만이 아니라는 사실이었다. 그것은 장애인들만의 폭탄 돌리기 같았다. 그가 사고를 당한 것도, 그가 살아남은 것도 그저 우연처럼 보였다.

리프트 사고는 끊임없이 반복되었다. 2001년 장애인 이동권 투쟁을 촉발한 사건 역시 오이도역에서 리프트가 추락해 장애인이 사망한 일이었다. 리프트를 철거하고 엘리베이터를 설치하라는, 장애인도 버스를 타고 지하철을 타겠다는 이 '사소한' 투쟁은, 실은 그것이 얼마나 사소하지 않은지를 증명하듯 17년간 계속되고 있다. 장애인이 죽고 다치는 일이 수도 없이 일어났지만 누구도 사과하지 않았고 아무도 책임지지 않았다. 그리하여 사고는 반복되었다. 서울시는 모든 지하철역에 엘리베이터를 설치하겠다던 약속을 헌신짝처럼 내팽개치고, 신길역과 서울교통공사는 자신들에겐 잘못이 없다며 버튼조차 제대로 누르지 못하는 장애인의 몸을 멸시한다.

신길역 계단 위에 섰다. 한경덕 씨를 낭떠러지로 밀어낸 버튼은 사고 후 원래 있던 위치에서 1미터쯤 계단 반대쪽으로 옮겨져 있다. 전쟁에서도, 교통사고에서도 살아남은 한 위대한 생명이 고작 이 작은 버튼에 닿으려다 무너졌다는 사실에 심장이 아프다. 아무도 죽이지 않고 누구에게도 상처 주지 않으면서도 버튼의 높이나 위치를 예민하게 감각할 수 있는 능력 같은 건 어떻게 생겨나는 걸까.

호출버튼 누르기.

그것이 한경덕 씨가 지상에서 한 마지막 행동이지만 아직 아무도 그를 찾아오지 않았다. (2018. 7. 23)

"가… 강원도… 은혜원에선 추웠어… 추웠어…." "같이 방 쓰던 애가 바짝, 아니, 바아짝, 응, 바ㄹ짝이 있었는데, 무서워, 막 묶어놓고 때리고."

《나, 함께 산다》는 시설 밖으로 나온 장애인들의 이야기를 기록한 책이다. 태반의 구술자가 언어장애가 있거나 지적장애가 있다는 사실은 이 기록의 진정 기록할 만한 점이다. 누군가 나에게 이 작업을 제안했다면 대번에 거절했을 것이다. 여러모로 '각이 안 나오는 일'이기 때문이다. 이 구술자들에게 가장 취약한 것이 언어능력, 그러니까 '이야기하기'이니까. 그것이 바로 그들의 장애니까 말이다.

기록자 서중원은 용감하게도(!) 이 제안을 기쁘게 수락한다. '살아 있음을 멋지게 항변하는 이들'을 만날 기회라여겼다. 그러나 동경심에 가득 차 그녀가 놓친 것이 있으니, 자신이 장애인을 거의 만나본 적 없다는 사실이었다. 그러니까 이것은 흔한 패키지여행 한 번 가보지 않았던 사람의 '오지 탐험기'라고 할까. 그리하여 애초 1년을 염두에 두었던 여행이 2년을 넘겼던 까닭은 '여행 내내 자신이 부서졌기' 때문이다. 짐작컨대 부서진 것 중 가장 낭패인 것은 '언어' 그 자체가 아니었을까. 자신이 들은 이야기가 '교양 있는 사람들이 쓰는 현대 서울말', 그러니까 표준어의

체계 안에선 도저히 표현할 길이 없다는 사실 말이다.

"이빨… 경찰서… 가서… 찾았어. 동생."

상분 씨는 기록자가 자신의 말을 못 알아듣자 몸으로 말하기 시작한다. 상분 씨의 몸짓은 기록자의 말을 통해 드러난다.

"치아… 아니, 치과기록을 가지고, 경찰서? 누구랑 갔는데? 활동가들이 도와서? 찾았어, 동생을?"

무수한 스무고개 끝에 얻은 정보들을 '번듯하고 매끄러운' 이야기로 재구성하는 일, 기록자 서중원의 필력이라면 얼마든지 가능했을 것이다. 그러나 기록자는 상분 씨의 입말 그대로 옮겼다. 상분 씨를 어떤 매력적인 이야기의 '주인공'으로 만드는 게 아니라 그저 자기 이야기의 '주체'로 존중하고 싶었기 때문일 것이다.

시설 나와 사니 뭐가 좋으냐는 질문에 상분 씨가 대답한다.

"추운 게 좋아. 정우(남편)가 안아줘. 따뜻해. 이불처럼."

그러면서 연필로 꼭꼭 눌러쓴 시를 한 편 보여준다.

"〈눈〉. 이상분. 지난밤에/ 눈이 소오복이 왔네/ 지붕이랑 길이랑 밭이랑/ 추워한다고/ 덮어주는 이불인가 봐/ 그러기에/ 추운 겨울에만 나리지."

기록자는 상분 씨의 시에 가슴 떨려 한다. 그리고 이 이야기를 어느 문예지에 기고했다가 한 독자로부터 이 시가 상분 씨의 것이 아니라 윤동주 시인의 것이라는 제보를 듣는다. 이런 말과 함께.

"상분 씨 마음이 시인의 마음과 같았을 거예요. 윤동주 시인도 좋아하셨을 거예요."

둘 사이의 짐작과 오해 속에 새롭게 탄생한 이야기! 상분 씨와 윤동주와 기록자와 독자가 함께 지어낸 이 이야기가 나는 눈물이 날 만큼 좋다.

그동안은 엄숙하고 비장한 증언들만이 시설 밖으로 나왔다. 이제 시설 바깥으로 나오고 있는 말들은 이런 것들이다. 더듬는 말, 맥락을 알 수 없는 말, 뭉개지고 덩어리진 말, 까끌까끌한 말. '언어의 수용소'가 있다면 필시 갇히고야 말았을 '추하고 열등하고 쓸모없는' 말들. 나는 어쩐지 어떤 견고했던 둑이 무너진 것 같은 해방감이 든다. 더 많은 짐작과 오해 속에 공동의 이야기가 만들어질 것이다. 함께 산다는 건 함께 이야기를 지어나가는 것이다. 돌아갈 길이 '부서져야' 비로소 시작되는 이야기. 지도 없이 떠난 어느 기록자의 여행이 또 하나의 지도가 되었다. 부러워서 가슴이 조금 아프다. (2018. 8. 20)

그렇게 기림비가 된다

부슬부슬 내리던 비는 그치는 듯하다가 다시 내리고 멈추는가 하면 다시 퍼부었다. 2014년 4월 19일 밤, 모든 것이 거짓이었음을 깨달은 부모들이 내 아이를 살려내라 울부짖으며 행진하던 날도 징그럽게 비가 내렸다. 동이 틀 무렵 진도대교 앞에서 가까스로 경찰들을 뛰어넘었던 순간, 아버지는 아들이 돌아왔다는 전화를 받았다. 팽목항으로 돌아온 아버지는 닷새 만에 아들을 만났다. 이제 막 샤워한 듯 말간 아들의 얼굴을 보자 아버지는 미쳐버릴 것 같았다. 목포의 한 병원에 아들을 안치했다. 시신 검안서를 받아야 한다고 했다. 냉동고에 아들을 넣고 나오자 바깥에는 냉동고 자리조차 얻지 못한 이들이 줄을 서 있었다.

씻은 듯 예쁘던 아이들의 얼굴이 4월의 따뜻한 공기 속에 빠르게 변해가고 있었다. 한 엄마가 내 아이 좀 얼려달라고 애원했다. 1시간이면 된다던 검안서는 해가 다 지도록 나오지 않았다. 그것을 받아야 장례식장을 잡을 수 있었다. 다급해진 아버지가 회사 사장님에게 전화를 걸었다. "해양수산부에 아는 사람 없어요?"

사장이 없다고 대답했다. 아버지 입에서 쌍욕이 튀어나왔다.

"만날 변호사 끼고 살면서 그런 것 하나 해결 못해줍니까?"

사장이 미안하다며 울었다. 아버지는 아이들을 다 썩히기 전에 휘발유를 사서 내 손으로 화장시키겠다며 난동을 부렸다. 경찰 수십 명이 아버지를 막고 나섰다.

장례를 치른 후에도 돌아버릴 것 같은 시간은 계속되었다. 엔지니어였던 아버지는 눈감고도 고칠 수 있었던 기계 앞에서 수시로 정신을 놓쳤다. 울 수도 웃을 수도 실컷 취할 수도 없는 안산이 싫었다. 그때 아버지는 팽목항을 떠올렸다. '제발 내 아이가 아니기를' 바랐던 마음이 '제발 내 아이가 맞기를' 하는 마음으로 바뀌었을 때 부모들은 불안한 마음을 달래며 약속했다.

"우리, 아이들 다 찾아서 같이 갑시다."

아버지는 그 약속을 지키지 못했고, 진도체육관엔 여전히 가족을 찾지 못한 이들이 남아 있었다. 2014년 10월, 아버지는 다시 진도로 돌아왔다. 아이를 먼저 찾았다는 죄책감에 진도체육관에 있던 사람들이 "누구세요?" 하고 물으면 대답을 얼버무리며 자리를 피했다. 그랬던 아버지가 팽목항에 자리를 잡은 지 4년이 되었다.

지난 9월 초, 내가 팽목항 분향소를 찾았을 때는 진도군이 진도항(팽목항) 항만 개발 공사를 이유로 분향소 철거를 요구하고 있을 때였다. 유가족들이 떠밀리듯 울면서 영정을 안고 떠난 후였는데, 그 자리에 덩그러니 아버지가 남아 있었다. 아버지는 희생자들의 기림비를 세우기 전까지는 떠나지 않겠다고 버텼고, 지역의 활동가들은 팽목항 개발 공사를 중단하고 4.16기억공원을 조성하라고 요구하고 있었다. 한 언론이 "이제는 우리도 먹고 살아야"라는 주술 같은 기사를 써 돌팔매를 던졌다. 주술은 실로 놀라운 힘을 발휘하여 정권을 무너뜨리는 혁명의 와중에도 단원고 교실과 안산 분향소, 동거차도 인양 감시 초소 같은 엄청난 현장들이 하나씩 하나씩 지워졌다.

팽목항에 부슬부슬 비가 내렸다. 그날의 기억이 아버지에게 와락 달려든다. 숨을 쉴 때마다 아프지만 이 고통스러운 자리를 떠나지 않는 저 아버지가 나는 살아 있는 기림비 같다고 생각했다. 잊지 않으려고 자기 몸에 뭔가를 새기는 사람. 어떤 이는 동정하고 어떤 이는 침을 뱉어도 아버지는 비석처럼 그 자리를 지켜왔다. 아버지가 두려운 것은 자신이 모욕을 당하는 것이 아니라 억울하게 죽은 이들이 기억 속으로 사라지는 것, 언젠가 진실이 밝혀져 희생자들이 말간 얼굴로 돌아왔을 때 그들을 위해 마련된

자리가 남아 있지 않은 것이다. 그리하여 아직도 그 바다에 한 아버지가 남아 싸우고 있다. 등대처럼, 기림비처럼.

(2018. 9. 17)

엄마와 딸의 거리

11년 전 그날, 식당을 하던 인숙이 여느 날과 다름없이 가스 불을 당겼을 때 삽시간에 화염이 치솟았다. 그 사고로 인숙은 전신 86퍼센트에 화상을 입었고, 다섯 살 된 아들이 세상을 떠났다. 식당과 집을 모두 처분했지만 수술비를 대기엔 턱없이 부족했다. 후원금을 받기 위해 인숙은 자신조차도 두려워서 한 번도 보지 못한 얼굴을 TV에 드러내야 했다. 퇴원 후 인숙은 친정으로 가 은둔의 삶을 살았다.

화상의 통증보다 인숙을 괴롭혔던 것은 온몸에 벌레처럼 달라붙는 사람들의 시선과 돈이 없어 치료를 받지 못하는 고통이었다. 남편의 마음이 떠나갔고 간병하던 식구들도 점점 지쳐갔다. 하나 남은 딸에게 밥도 못해주는 엄마라면 차라리 없는 게 낫지 않을까. 모아두었던 수면제를 털어먹었다. 그러나 생명력 강한 인숙의 몸이 먹은 약을 모두 게워냈다. 인숙은 그것을 '살라'는 명령으로 받아들였다. 돈 앞에는 가족도 없다는 절망감과 누구도 아이를 대신 키워주지 않을 거라는 절박함이 그녀를 다시 일어서게 했다.

인숙은 항상 딸과 떨어져서 걸었다고 했다. 딸과 나란히 걷다 딸의 친구들과 마주친다면 딸에게 난처한 일이 생길지 몰랐기 때문이었다.

"제가 항상 뒤에서 걸었어요. 아이에게 무슨 일이 생길지 모르니까 제 눈앞에 있어야 안심이 됐어요."

인숙이 그렇게 말했을 때 나는 잠시 말을 잇지 못했다. 엄마가 딸을 지키기 위해 유지해야 했던 거리는 몇 미터쯤 되었을까. 다리 아픈 엄마가 잘 따라오고 있는지 살피며 천천히 걸었을 인숙의 딸과 그런 딸에게서 눈을 떼지 못하며 종종걸음을 쳤을 인숙 사이의 거리가 너무 애달파서 가슴이 시렸다.

스무 살이 된 인숙의 딸은 간호대학에 들어갔다. 간호사가 해외 취업이 잘된다는 이야길 듣고 인숙이 권한 것이라고 했다. 고립된 삶을 살아온 인숙에게 절대적이고도 유일한 삶의 끈이었던 딸을 굳이 해외에 보내고 싶어 하는 마음이 이해되지 않아 이유를 물었다.

"한국에선 딸이 살기 힘들 것 같아요. 결혼을 하려고 해도 시댁에서 싫어하겠죠. 자기 아들이 번 돈을 처가에 줘야 할까봐 걱정하지 않을까요?"

아, 이것은 얼마나 한국적인 고통인가. 인숙은 이제 딸을 지키기 위해 바다만큼의 거리를 각오하고 있었다. 딸의 인생에 가장 위험한 것이 바로 자기 자신이라도 되는 것처럼.

딸이 스무 살이 되자 인숙이 받던 장애인 활동지원서비스가 절반으로 줄었고, 딸이 알바를 해서 돈을 버니 인숙의 기초생활수급비가 삭감되었다. 인숙의 가난과 장애에 대한 부양 책임을 딸에게 넘기려는 정부의 지침이었다. 인숙의 목소리가 격앙되었다.

"딸은 딸의 인생을 살게 해줘야 하잖아요."

그것이 인숙이 살아야 할 이유였는데 어쩌면 자신이 딸의 인생에 걸림돌이 될지 모른다는 두려움이 화상 입은 인숙의 얼굴 위로 파도처럼 일렁거렸다.

"생명 있는 모든 것은 위험 속에 산다." 위험하다는 것, 그것이 우리가 살아 있다는 증거이다. 그러나 어떤 위험은 명백히 개인이 감당할 수 있는 수준 바깥에 있다. 일어날 위험에 대한 대비와 일어난 사고에 대한 대책을 함께 마련하는 것, 그것이 우리가 사회를 이루고 살아가는 이유 아닌가. 나는 중화상 사고의 생존자들에게 '그만큼 살게 해준 것을 고마워하라'고 말하는 사회가 아니라 '살아주어서 고맙다'고 말하는 사회에서 살고 싶다. 인숙도, 인숙의 딸도 사라지지 않는 사회, 두 사람이 팔짱을 끼고 스스럼없이 일상의 거리를 걷는 사회에 살고 싶다. 그것이

바로 안전의 증거일 것이므로. (2018. 10. 22)

타인의 상처를 바라보는 법

동료들과 함께 화상 경험자들을 인터뷰해 책 《나를 보라, 있는 그대로》를 냈다. 화재, 가스폭발, 감전 등 심각한 화상사고를 겪은 이들이 사고 당시의 기억, 치료 과정, 그 후의 일상, 그리고 고통이 되돌아보게 해준 지난 삶의 이야기를 들려준다. 망치로 팔을 내려치는 것 같은 아픔이 24시간 지속되는 신체적 통증과 '2년에 3억, 3년에 10억'이라는 천문학적 병원비와 돈이 없어 치료를 못하는 정신적 고통, 팔이 절단된 뒤 넘어진 아이를 더 이상 자신의 손으로 일으켜줄 수 없음을 깨달은 아버지의 내적 고통과 사람들의 따가운 시선과 냉대, 차별로 인한 사회적 고통 등이 담겨 있다.

화상사고가 여타의 사고와 다른 점은 외모가 변한다는 것. 그리하여 화상 경험자들이 우리에게 던지는 가장 중요한 질문은 이것이다.

'무엇이 나를 나이게끔 하는가.'

86퍼센트 전신 화상을 입은 정인숙 씨는 1년이 넘도록 거울을 보지 않았다. 거울 속에 내가 이제까지의 내가 아닌데도 나는 여전히 나일까? 전기기술자였던 송영훈 씨는 감전사고 후 왼팔을 절단했고 직업을 잃었다. 평생 단련해온 삶의 근육이 한순간 녹아버렸는데도 나는 여전히 나인가? 사회복지사였던 김은채 씨는 사람들이 자신을 불쌍히 여기는 시선이 싫어 고향으로 내려갔지만 그곳에서조차 방문을 걸어 잠근 채 아무도 만나지 않았다. 나를 나이게 했던 모든 것들이 한없이 낯설고 두려워진 나는 대체 누구인가?

화상 경험자들은 이전의 자신으로 돌아가기 위해 최선을 다했다. 몸이 견디기 힘들 만큼의 수술을 반복했고, 흉터를 감추기 위해 한여름에도 모자와 마스크를 썼다. 수년간 분투하던 사람들은 어느 순간 깨달았다. 사고 이전으로 돌아가는 것은 불가능하다는 것, 이렇게 흉터를 지우기 위해 애쓰다간 인생 전체가 지워질 수도 있다는 사실을. 그 순간 비로소 자신을 있는 그대로 바라보기 시작한다. '왜 나에게 이런 일이 일어난 거야!' 하고 절망하던 이들은 '남에게 일어날 수 있는 일은 나에게도 일어날 수 있다'는 사실을 받아들인다. 과도한 희망도 과도한 절망도 허망하다는 걸 깨닫는 순간, 삶 역시 있는 그대로 보이기 시작한다. 그렇게 자신뿐만 아니라 타인의 상처까지도 바라보는 법을 조금씩 터득해가며 천천히 관계를 복구하고 한 인간으로서의 자존감을 복원해나간다. 그리고 그 힘으로 고통받고 있는 사람들 곁에 서고자 했다.

8년 전 어느 늦은 밤 송영훈 씨는 병원의 복도를 헤매고 있었다. 끔찍한 통증과 앞날에 대한 불안으로 잠을 이룰 수 없었던 그가 이 병실 저 병실 기웃거리며 애타게 찾았던 사람은 의사도 사회복지사도 심리상담사도 아니었다. 바로 자기 같은 사람이었다. 머리로 아는 것 말고 몸으로 앓아본 사람, 자기처럼 아파 보아서 이 고통을 진심으로 이해해줄 사람. 이 이야기를 들었을 때 나는 가슴이 뭉클했다. 자신이 통과해온 고통을 이야기하는 송영훈 씨는 지난날의 자신이 가장 간절히 필요로 했던 존재가 되어 있었다. 이야기가 된 고통은 고통받는 자들을 위로한다. 나는 이 위로와 연대의 힘이 세상을 바꾼다고 믿는다.

자신의 상처를 드러낸 채 무대 위에 오른 화상 경험자들의 이야기를 많은 사람들이 들어주면 좋겠다. 이들이 바라는 건 무지하고 무례한 시선에 의해 갇혀버린 사람들을 세상 밖으로 나오게 하는 것. 바뀌어야 할 것은 갇힌 자들이 아니라 가둔 자들이다. 화상 경험자들의 이야기가 타인의 고통을 바라보는 또 하나의 방식을 전해줄 것이다.

(2018. 11. 19)

전단지 뒷면에 쓰인 그의 유서는 이렇게 시작한다.

"저는 마포구 아현동 572-55호에 월세로 어머니와 살고 있었는데, 세 번의 강제집행으로 모두 뺏기고 쫓겨나 이 가방 하나가 전부입니다."

사흘을 먹지도 자지도 못한 채 거리에서 보내며 내일이 오는 것이 두려워 자살을 선택한 그는 12월 4일 한강에서 발견되었다. 철거민 박준경. 서른일곱의 남자가 이 세상에 마지막으로 남기는 당부는 이것이었다.

"저는 이렇게 가더라도 어머니께는 임대아파트를 드려서 저와 같이 되지 않게 해주세요."

그는 이 유서를 사람들이 잘 발견할 수 있도록 망원유수지의 정자에 놓아두었다.

유서에 쓰인 주소를 물끄러미 바라보다가 지도 앱에 입력해보았다. 누군가 나에게 자신의 주소를 알려준다면 실은 굉장한 책임을 부여받는 일이다. 그에게 무슨 일이 생긴다면 어쩔 수 없이 그곳에 가보아야 하는 것이다. 지난 토요일 박준경이 살았던 아현동 골목에서 추모제가 열렸다. 아현역에서 10분도 채 걷지 않았는데 거대한 살풍경이 눈앞에 펼쳐졌다. 한때 2300여 가구가 촘촘히 밥 냄새 풍기며 살았을 동네는 완전히 도륙당했다. 집집마다 문은 모조리 떼어졌고 바닥은 부서진 채 파헤쳐졌으며 창문은 안에서 밖으로 깨어져 파편이 곳곳에 흩어져 있고 군데군데 똥오줌을 묻힌 이불이 악취를 풍기며 볼썽사납게 널브러져 있었다. 용역 깡패들의 계산된 패악이라고 했다.

박준경과 어머니는 이곳에서 10년을 살았다. 보증금 300만 원에 월세 25만 원을 내며 살던 그들은 이곳을 떠날 여유가 없었다. 동네엔 그들 같은 가난한 세입자가 많았지만 그들을 위한 보상과 이주 대책은 아무것도 없었다. 오직 30차례가 넘는 강제집행만이 이루어지는 동안, 가난한 사람들은 수십 년을 뿌리내리며 살았던 집에서 도둑처럼 끌려나와 내동댕이쳐졌다. 9월, 살던 집에서 쫓겨난 두 사람은 헤어져서 철거지역의 빈집을 전전했다. 박준경은 전기도 물도 끊긴 집에서 3개월을 지냈다. 그리고 11월 30일이 왔다.

서울시가 12월 1일부터 2월 28일까지 동절기 강제집행을 금지했으므로, 용역들은 11월 30일에 쳐들어왔다. 어머니는 아들에게 문자를 보냈다.

"배낭에 중요한 것들을 챙겨."

그날 박준경은 마지막까지 버티다 끌려나왔다. 어머니는 아들을 만나, 추우니 찜질방에 가 있으라며 5만 원을 주었다.

"돈 떨어지면 언제든지 엄마한테 와."

준경은 "용역들이 곧 들이닥칠지 모르니 어머니도 조심하시라" 일렀다. 두 사람이 지상에서 마지막으로 나눈 이 대화를 생각하면 나는 조금 울고 싶다. 준경은 나흘 후 주검으로 돌아왔다. "어머니에게 힘이 되어야 했는데 짐만 되어 죄송하다"는 유서와 함께.

건물은 부수고 재건축하면 그만이지만, 사람은 한번 부수어지면 회복되기 어려운 존재라는 걸 그가 죽음으로 말하고 있다. '박준경의 길'을 따라 걸으며 '여기 사람이 있다'는 오랜 구호를 처음으로 이해했다. 그의 청춘과 삶을 느끼고 싶어 찾아간 길이었는데, 가난했던 청춘이 당한 처참한 모욕과 죽음만 보았다. '거기 사람이 있다'는 것이 도저히 믿어지지 않는 거기, 사람이, 있었다. 박준경의 동료들과 어머니는 살인적인 개발과 강제집행에 대한 책임을 묻기 위해 마포구청 앞에서 농성을 시작했다. 그 어떤 진정한 위로라도 모진 고문이라는 참척의 고통을 당한 어머니가 광장에 앉아 농성을 하는 겨울. 연대와 후원을 요청한다. (2018. 12. 17)

4

용산참사를 다룬 영화 〈공동정범〉을 보며 깜짝 놀랐던 사실은, 참사의 희생자와 구속자 중 상당수 사람들이 용산 재개발 지역의 철거민이 아니라 이들의 싸움에 연대하기 위해 다른 지역에서 온 철거민들이었다는 것이다. 3년의 수감생활을 마치고 출소했던 생존자 천주석 씨를 따라간 카메라가 그가 살고 있는 서울 상도동 재개발 지역을 비추었을 때 나는 조금 멍해졌다. 거대한 쓰레기장처럼 폐허가 된 동네는 또 다른 참사의 현장처럼 보였기 때문이었다. 그러니까 아마도 나는 '연대'라는 것을 '덜 절박한 사람이 더욱 절박한 사람에게 하는 일'쯤으로 여겼던 모양이다.

팟캐스트 〈세상 끝의 사랑〉에서 용산참사 생존자 김창수 씨가 말했다.

"내 편이 아무도 없었습니다."

그는 성남 단대동의 철거민이었다. 떠나지 '않은' 게 아니었다. 이주하려 했지만 계약기간이 끝날 때까지 집주인은 전세금을 내주지 않았고, 그사이 주변 집값이 천정부지로 치솟아 떠나지 '못한' 것이었다. 막무가내로 강행하는 공사를 저지하기 위해 철거민들이 시위를 하던 날이었다. 수백 명의 경찰이 물샐틈없이 시위대를 에워싸더니 잠시 후 믿을 수 없는 일이 벌어졌다. 경찰이 열어준 틈 사이로 용역 깡패들이 줄지어 들어와 이중으로 시위대를 포위하는 것이었다. 창수 씨는 '나라가 자신을 버렸다'는 생각에 몸이 떨렸다.

그 배신감과 억울함을 잘 알고 있었으므로, 편이 없는 사람들은 서로의 편이 되어주었다. 언젠가 용인의 강제철거 소식을 듣고 달려갔던 날, 창수 씨는 중년의 남자가 자신의 집을 부수는 굴착기에 맞서 항아리를 치켜들고 홀로 저항하는 모습을 보았다. 남자의 아내는 용역들에게 사지가 붙들린 채 땅바닥에 짓눌려 있었다. 용역 깡패에게 점령당한 고립된 땅에서 한낱 짐승처럼 내몰리는 부부의 곁엔 아무도 없었다. 소식을 듣고 달려온 다른 지역의 철거민들은 부부를 위해 천막을 지어주었다. 그날 밤 천막 안에서 소주잔을 부딪쳤을 그들을 떠올리며 나는 외롭고도 절박했던 철거민들의 연대를 생각했다.

'아, 그들은 서로에게 신이었겠구나.'

그리고 2009년 1월 20일, 그들은 모두 용산에 있었다. 영화 〈공동정범〉 속 불타는 망루의 모습을 오랫동안 바라보다 몸서리를 친다. 동트는 새벽, 거대한 마천루의 검은 실루엣 앞에서 활활 타오르는 망루의 모습은 예나 지금이나 비현실적인데, 이제 내 눈엔 망루에서 탈출해 난간에 매달린 철거민들이 꼭 십자가에 매달린 예수처럼 보인다. 그날, 신들이 죽었고 살아남은 신들은 '도심 테러리스트'가 되었다. 검찰은 그들의 연대를 조롱하듯이 망루에 올랐던 모든 사람을 공동정범으로 기소했다. 항아리를 던져 저항하던 그 사람 이성수 씨는 죽었고, 그와 소주잔을 부딪쳤던 창수 씨는 살아서 구속되었다.

영화는 검찰에 의해 공동정범으로 과잉 기소되면서 시작된 철거민들 사이의 오해와 불신, 갈등을 드러낸다. 외로움이 너무 커서 부서질 것 같은 사람과 부서지지 않기 위해 모든 에너지를 다 써버린 사람들은 서로를 원망하고 고립시킨다. 국가 폭력이 지나간 자리에서 한때 서로에게 신이 되어주었던 그들의 연대가 깨어지는 모습을 지켜보는 것은 그들의 외롭고 눈물겨웠던 연대를 생각할 때만큼이나 가슴 시리다. "그날로 돌아간다면 다시 망루에 올라갈 수 있을까?"라는 어느 생존자의 서러운 말은 마치 "다시 연대할 수 있을까?"처럼 들리고, 그것은 왜인지 김창수 씨의 말, "아무도 없었습니다"로 이어져, 나는 왜 이 일에 여전히 관객일 뿐인가 정신이 번쩍 들었다. 곧 용산참사 10주기이다. 내 몫의 싸움을 고민해야겠다. (2019. 1. 14)

어떤 졸업식

서른셋에 죽은 큰언니는 묘가 없다. 왜인지 납골도 하지 않았다. 그날 운구차의 기사가 인적 드문 어느 야산 앞에 차를 세우며 유골을 뿌리고 오라 했다. 그게 무슨 뜻인지 몰라서 우리 남매가 우물쭈물하자 기사는 시간이 없다며 짜증을 냈다. 왜인지 아버지는 그 자리에 없었다. 시공간의 개념을 상실했던 우리는 무언가에 등을 떠밀리듯 아직 열기가 채 가시지 않은 언니를 낯선 언덕의 나무 아래 뿌리고 내려왔다. 살면서 문득문득 떠올랐다.

'우리는 왜 너를 그렇게 보냈을까? 너는 어디에 있을까?'

그러면 가슴속에 분노 같은 것이 차올랐다.

10년이 지났을 때 나는 언니가 있는 곳을 알게 되었다. 그녀를 뿌린 곳에 함께 가겠느냐 묻자 아버지가 이렇게 대답했기 때문이었다.

"갈 필요 없다. 은선이는 내 가슴에 묻었으니까."

평생 비유법 같은 건 쓰지 않던 분이었으므로, 그 말은 꼭 사실처럼 들렸다. 거기라면 영원히 안전할 것 같아서 나는 안도했다. 여전히 언니를 왜 그렇게 보내야 했는지 납득할 수 없었지만 묻지 못했다. 함께 모였을 때 우리는 언니에 대해 이야기하지 않았으니까.

최근에 친구로부터 '옛날엔 자식이 죽으면 그 부모 모르게 길에다 뿌려 흩어지게 했다더라'는 이야기를 들었다. 그리고 그날의 모든 일이 아버지의 '의식'이었다는 걸 깨달았다.

어떤 시대를 상상했다. 전쟁이 나고 역병이 돌아 집집마다 줄초상을 치르던 시대. 죽은 자식을 붙들고 부모가 넋을 놓으면 줄줄이 딸린 새끼들이 당장 끼니를 굶어야 했을 시대. 이웃들은 그 부모가 빨리 잊도록 도왔을 것이다. 가장 귀한 것을 가장 천하게 처리한 사람들은 이렇게 말하며 죄책감을 털었다.

"죽은 자식은 가슴에 묻으시오."

그리고 부모의 등을 떠밀었겠지.

"산 사람은 살아야지."

죽음이 문간에서 아귀를 벌린 채 기다리던 시대에 애도는 금지되었다. 아버지는 당신이 배운 대로 딸을 보내주었을 것이다. 그러나 죽음을 학습할 기회가 없었던 나는 그날 아침 아무런 준비도 없이 28년을 함께 살았던 언니와 무참히 이별하고 말았다.

어느 고등학교의 졸업식에 갔다. 주인공들을 보기 위해 하객들 사이를 기를 쓰며 비집고 들어갔다. 그러나 마침내 강당의 중앙에 도착했을 때, 나는 한 사람의 졸업생도 보지 못했다. 그들은 모두 죽었기 때문이었다. 거기엔 250개의 빈자리만 있었다. 울고 싶었던 것도 같고 웃고 싶었던 것도 같다. 나는 그것을 보려고 아침부터 먼 길을 온 참이었다. 식이 끝난 후 교실로 갔을 때, 그날 처음 만난 한 여성이 오늘 당신의 아들이 졸업을 했으니 짜장면을 사겠다고 했다. 엉겁결에 그녀를 따라서 가게 된 북경반점에는 한바탕 눈물을 흘린 부모들이 해사해진 얼굴로 삼삼오오 짜장면을 먹고 있었다. 슬프고 아름다운 의식이었다.

'죽느냐 사느냐'의 시대를 통과한 사회에서 죽음은 잊히고 치워져야 하는 것이었다. 그러나 2014년 4월 16일, 죽은 자식을 가슴에 묻기를 거부한 부모들은 '산 사람은 살아야지' 대신 '잊지 않겠다'는 구호를 걸었고, 죽음을 존중해서 생명을 지키는 새로운 길을 열었다. 도심 한가운데 죽은 이들을 위해 교실을 비워두고 추모공원을 조성할 것이다. 내가 그곳에서 나의 아버지에게 묻지 못했던 것을 물으면, 그들은 나에게 당신들의 살아 있는 자식에게 물을 수 없었던 것을 물었다. 우리는 그렇게 죽음에 대해 학습한다. 왜인지 그것은 모두 삶과 사랑에 관한 이야기여

서, 안산에 다녀온 날이면 나는 조금 더 열심히 살고 사랑
하고 싶어진다. (2019. 2. 18)

대결

사진작가 최민식이 찍은 어떤 사진을 보고 숨이 딱 멈추어진 적이 있다. "부산, 1965"라고 적힌 사진 속에선 한 소년이 땅바닥에 납작 엎드린 채 두 손을 모으고 있었다. 구걸을 하고 있는 것이었는데, 마치 기도하는 것처럼 보였다. 나는 침을 한번 꼴깍 삼키고 조심스럽게 소년을 내려다보았다. 뒤통수엔 커다란 땜통이 있었고 윗도리를 입지 않아 드러난 왜소한 등허리엔 날갯죽지가 툭 튀어나와 있었다. 공손히 손을 모으기 위해 소년의 온몸이 팽팽하게 긴장해 있었다. 그토록 노골적인 구걸도, 그토록 적나라한 시선도 적이 충격적이었지만 내 시선을 더 오래 붙든 것은 사진 옆에 쓰인 작가의 말이었다.

"나는 자신의 운명과 대결하며 씨름하고 있는 슬프고 고독한 사람의 모습을 전하고 싶었다."

구걸하는 소년에게서 '굴복'이 아니라 '대결'을 읽어내는 일, 그것은 가난을 뼈저리게 경험해본 사람만이 할 수 있는 일일 거라고 나는 생각했다. 최민식은 한국전쟁이라는 민족적 재난 위에 태어난 가난한 소년이 자신의 운명과 싸우는 치열한 현장에 몇 푼의 동전을 던지는 일은 온당치 않다 여겼던 것 같다. 그는 소년의 준엄한 대결을 사진으로 기록했고, 그것이 그가 자기 시대와 대결하는 방식이었을 것이다. '대결'이라는 단어 때문에 나는 땅바닥에 코가 닿아 있을 소년의 얼굴이 궁금해졌다.

소년은 그 뒤 어떻게 되었을까. 한국 사회가 기아를 벗어나 국가를 재건하고 고도성장을 이루었던 그 세월을 소년도 무사히 함께 통과했을까. 부랑아 수용소 '선감학원'의 피해자들을 만난 뒤 나는 아마도 그러지 못했을 것이라고 생각하게 되었다. 가난을 없애는 게 아니라 가난한 사람들을 없애는 손쉬운 길을 택한 국가가 '명랑한 사회 건설'을 위해 거리의 소년들을 쓰레기처럼 청소하는 동안, 가난을 뼈저리게 경험한 사람들은 자신보다 더 가난한 이들이 당하는 폭력에 눈감았다. 먹고사는 일이 죽기 살기로 힘들었던 시절, 사람들은 그렇게 가난에 투항하고 말았다.

선감도(선감학원이 있던 섬)로 끌려간 소년들은 밤낮으로 얻어맞으며 강제노역에 동원되었다. 고통을 견딜 수 없었던 소년들이 목숨을 걸고 바다를 헤엄쳐 탈출했다. 탈출에 성공한 소년들은 다시 거리에서 신문이나 껌을 팔았지만 경찰은 집요하게 그들을 붙잡았다. 또다시 소년들이 붙들려간 곳들은 모두 간판에 복지와 교육을 내걸고 있었는데, 이를테면 형제복지원이나 삼청교육대 같은 곳이었다. 스펙터클이 넘치는 이 막장 드라마는 선감학원 피해자들에게 비슷한 패턴으로 반복되어서, 이 추격전이 얼마나 국가적이고 조직적이었는지를 보여준다. 그것이 바로 '가난의 지도'일 것이다.

선감학원이 폐쇄될 즈음 태어난 나에게 그 지도는 비현실적으로 충격적이어서 마치 사라진 고대의 유물을 보는 것처럼 신비로울 지경이었다. 어떻게 그런 폭력이 가능했을까. 어느 날 수용소의 역사를 연구하는 친구가 드라마 〈왕초〉(1999년)의 주인공인 '거지왕' 김춘삼이 운영했던 악명 높은 부랑인 수용소에 대해 이야기하면서 그것이 내 고향 사천에 '여전히' 존재하고 있다고 말해주었을 때, 나는 마치 내 고향에서 공룡 화석이라도 발견된 것처럼 흥분하여 그 사실을 부모님께 알려드렸다. 그러자 엄마는 대수로울 것 없다는 듯이 "옛날엔 동네에 거지들이 많았다. 그 사람들은 남의 것을 훔치지. 무서웠어" 하며 가진 자의 공포를 대변했고, 아버지는 "자기 것이 없으면 남의 것이라도 뺏어야지" 하며 없는 자의 억울함을 항변했다.

내 가장 똑똑한 친구의 석사 논문 주제에 대해 두 사람은 훤히 꿰뚫어 보고 있는 듯하면서도 동시에 매우 심드렁하였으므로, 나는 그들이 살아 있는 공룡처럼 느껴졌다.

나에겐 몹시 비현실적인 사건이 저 세대에겐 익숙한 풍경이었음을 깨달을 때, 나는 꼭 내 출생의 비밀을 알게 된 것 같은 기분이 든다.

　노년에 접어든 소년들은 선감학원의 진상규명과 국가의 사과를 요구하고 있다. 평생 국가의 추격으로부터 달아나야 했던 사람들은 방향을 바꾸어 일생일대의 대결을 시작했다. 나에게는 이것이 선감학원이라는 하나의 시설에 대해서가 아니라 가난에 대한 거대한 상식, 혹은 거대한 침묵을 진상규명하라는 것처럼 들린다. 국가의 폭력에 눈감았던, 가난을 뼈저리게 경험했으므로 가난에 굴복할 수밖에 없었던 어떤 시대의 생존 질서. 그러니 이것은 정말로 엄청난 대결인 것이다. (2019. 3. 18)

늦은 애도

언니와 형부는 2006년 2월에 결혼했다. 혼인신고 할 틈도 없이 바빴던 두 사람은 결혼 후 한 달 만에 양가의 부모님께 인사를 하기 위해 집을 나섰다. 나에게 함께 가겠냐고 물었지만 깨가 쏟아지는 신혼부부 사이에 끼고 싶지 않아 거절했다. 두 사람은 형부의 고향에서 언니의 고향으로 이동하던 중 남해안 고속도로에서 교통사고를 당했다. 부모님께 드리려고 포장해둔 결혼사진이 영정사진이 되었다.

나는 아직도 둘의 죽음을 표현하는 적절한 단어를 찾지 못했다. 돌아가셨어요, 라고 하기엔 둘은 너무 젊었고, 세상을 떠났어요, 라는 말은 사실이 아니었다. 그것은 무고하고 억울한 죽음을 은폐하는 말이다. 그들은 스스로 떠난 적이 없다. 누군가 언니에 대해 물으면 나는 담담하게 죽었어요, 했다. 그러면 상대방은 흠칫 놀라 아무 말도 하지 않았다.

다섯 번째 4월 16일이다. 나에게 그 시간은 무엇이었을까 며칠을 고민하다가 결국 언니의 죽음에 대해 말하지 않고서는 세월호에 대해서도 말할 수 없다는 걸 인정했다. 세월호참사 후 5년의 시간 동안 나는 마치 언니의 죽음을 한번 더 통과해온 느낌이다. 그러니까 나는 비로소 애도하는 법을 알게 되었다. 죽음은 압도적인 경험이지만, 그 일이 닥쳐온다 해서 모두가 그것을 '제대로' 겪는 것은 아니다. 가족을 갑작스럽게 떠나보낸 사람들은 자신이 얼마나 죽음에 대해 무지한가를 깨닫게 되고, 장례가 끝나면 그 이유를 곧 알게 된다. 죽음은 우리 사회의 가장 강력한 금기인 것이다. 금기된 것은 배울 수 없다.

　세월호참사 희생자 신호성 군의 어머니를 인터뷰했던 건 2014년 11월이었다. 어머니는 대성통곡을 했다. 그런 소리는 처음 들어보았다. 그렇게 울다간 그녀의 애(창자)가 정말로 다 타버릴지도 모른다고 생각했지만, 그녀는 세시간 동안 쉬지도 않은 채 애끓는 사랑과 그리움, 분노를 토해냈다. 변변한 질문도 못한 채 엉엉 울면서도 나는 어쩐지 그녀의 통곡소리가 좋았다. 집으로 돌아와서 그 녹음파일을 듣고 또 들었다. 그것은 인간의 언어와 짐승의 소리 그 사이 어디쯤에 있었다. 나는 엄마를 생각했다. 엄마도 이렇게 울었을까. 이렇게 울었어도 마음이 아팠고 이렇게 울지 못했어도 마음이 아팠다. 나는 울고 싶을 때마다 그 녹음파일을 꺼내 들었다.

　세월호 가족들에게서 지난 5년의 이야기를 듣고 기록해, 책《그날이 우리의 창을 두드렸다》를 펴냈다. 그들의 이야기를 들을 때마다 느꼈던 것은 죽은 사람들이 그들 옆에 분명히 존재하고 있다는 사실이었다. 부모들은 여전히 아이들의 눈치를 살폈고 무엇이 그들을 위한 선택일까 끊임없이 고민했으며 하나라도 더 해주지 못해 안달이었다. 특히 그들이 그리움에 사무쳐 눈물 흘릴 때 그 존재는 더욱 생생해져서 손을 뻗으면 정말로 만져질 것 같았다. 그것은 몹시 신기한 경험이었다.

나는 주변을 둘러보았다. 그리고 어디에도 언니가 없다는 사실을 아프게 인식했다. 언니의 장례가 끝난 후 나는 그녀의 물건들을 정리했고 빠르게 일상으로 돌아왔다. 아무도 나에게 언니에 대해 묻지 않았고 나 역시 부러 말하지 않았던 그 시간 동안 그녀는 흔적도 없이 사라져 있었다. 나에겐 그녀를 위해 마련된 빈자리가 없다는 것이, 내가 언니를 위해 아무것도 하지 않았다는 사실이 미안해져서 또 울었다.

세월호 가족들에게서 가족의 갑작스러운 죽음 후에 남겨진 사람들이 어떤 고통을 겪는지, 가족들이 서로를 어떻게 할퀴고 미워하고 다시 위로하는지, 그들의 곁이 어떻게 파괴되고 다시 만들어지는지에 대해 들었다. 수건을 폭 적시도록 울었고, 그래서 좋았다. 그 시간은 나에게 꼭 필요한 시간이었다. 살면서 배워야 할 것 중에 애도하는 법도 있다는 걸 이제는 안다.

　20대 이후 나와 내 친구들은 여러 이유로 가족을 잃었다. 그것은 우리가 겪은 가장 견디기 어려운 고통이었지만 우리는 그것에 대해 이야기하지 못했다. 고통이 무엇으로 구성되어 있는지 모르면서 함께 슬퍼하고 위로할 수는 없다. 오래전 누군가의 죽음을 통과하면서 울었어야 할 울음을 뒤늦게 울었다. 끝내 모른 채 넘어가버릴 수도 있었던 것을 이제라도 애도할 수 있어 다행이다. 나는 그것이 어떤 이들이 자신의 가장 귀한 것을 잃은 후 처절하게 싸워서 얻은 권리라는 것을 잘 알고 있다. 애도의 장을 열어준 유가족들에게 고마움을 전한다. (2019. 4. 15)

꽃동네 없는 세상

2013년의 어느 날 장애인 탈시설 운동가 김성현은 음성 꽃동네를 방문해 그곳에 살고 있는 열 명 남짓한 장애인들에게 인권에 대해 설명했다. 그녀가 "여러분, 핸드폰을 갖는 일이 무엇보다 중요합니다"라고 말하자 그때까지 얌전히 듣고 있던 사람들이 너도나도 핸드폰을 갖고 싶다며 손짓 발짓을 해댔다. 흥분된 분위기를 타고 김성현은 그만 "그럼 다음에 만날 땐 핸드폰을 만들러 갈까요?"라고 말하고 말았고, 사람들은 더욱 열렬히 환호했다. 나는 이 이야기를 엊그제 김성현한테 직접 들었는데, 시설을 반대하는 탈시설 운동가인 그녀가 대한민국 시설의 대표 주자인 꽃동네에 인권교육 하러 갔다고 할 때부터 어째 불안불안하면서도 몹시 흥미진진했다. 탈시설은 내가 가장 좋아하는 이야기 장르다. 그들의 이야기를 들으면 시설 바깥의 삶과 자유가 무엇으로 구성되어 있는지 하나하나 음미할 수 있기 때문이다.

핸드폰을 사려면 자동차로 1시간 거리에 있는 청주 시내까지 나가야 했으므로, 김성현은 여기저기에 아쉬운 소리를 하며 리프트 차량 여러 대와 활동가 여럿을 섭외해야 했다. 약속한 날짜가 되어 꽃동네에 도착한 그녀는 생각보다 일이 훨씬 더 커져 있음을 알았다. 잔뜩 기대에 부풀어 핸드폰을 만들러 나가겠다는 장애인들과 사전에 시설 쪽의 동의를 구하지 않은 외출은 절대 허락할 수 없다는 직원들의 갈등으로 사무실이 발칵 뒤집혀 있었던 것이다. 김성현은 꽃동네를 국가인권위원회에 진정하겠다며 맞섰다. 마침 원장이 자리를 비운 틈이었으므로 직원들은 한바탕의 설전 끝에 우왕좌왕하더니 결국 길을 내어주고 말았다.

청주 시내엔 마침 그들이 다 들어가고도 남을 만큼 큼지막한 핸드폰 가게가 있었다. 조금 전 작은 전투를 승리하고 온 그들을 반겨주듯 문턱조차 없었다. 한번도 핸드폰을 써본 적 없는 이들이 복잡한 요금제를 이해하고 다양한 기종을 비교하며 선택하는 데에는 오랜 시간이 걸렸다. 사람들은 핸드폰 가게 옆 카페로 자리를 옮겨 느긋하게 자신의 차례를 기다리기로 했다. 거기서 김성현은 한 여성에게 물었다. 시설에서 나가고 싶어요? 여성이 고개를 끄덕였다. 왜요? 언어장애가 있던 여성은 손으로 써서 말했다.

"5시에 일어나는 게 싫어요."

느리지만 한 자 한 자 힘주어 쓰던 그 문장은 김성현의 가슴에도 새겨졌다. 새벽 5시. 꽃동네의 미사 시간이었다.

필담을 나누고 핸드폰 가입서에 한 사람씩 서명을 하는 동안 저녁 시간이 되었다. 그들은 이번에는 맞은편의 공원으로 자리를 옮겨 짜장면을 시켜 먹었다. 생애 첫 핸드폰을 갖게 된 이들이 해질녘 공원에 둘러앉아 짜장면을 먹는 풍경을 상상하면 나는 자꾸 웃음이 난다. 자유의 목록엔 이런 것들이 추가되었다. 오후의 카페, 해질녘의 공원, 첫 핸드폰의 흥분, 그리고 앞으로 무슨 일이 일어날지 모르는 불안.

꽃동네로 돌아간 그들을 기다리고 있는 것은 전열을 가다듬은 직원들과 그들이 내민 각서였다.

"다시는 허락 없이 외출하지 않겠습니다."

이번에도 그들은 자신의 이름을 한 자 한 자 꾹꾹 눌러 썼다.

이 이야기는 어떻게 끝날까. 김성현의 말대로 핸드폰을 만드는 것은 정말로 중요한 일이어서, 그날 핸드폰을 만든 사람들은 그 뒤 대거 시설을 나와 자립했다. 말하자면 시설은 '단절'을, 핸드폰은 '연결'을 의미하는 것이다. 그날 핸드폰을 만든 사람들 중엔 송국현도 있었다. 송국현은 2013년에 꽃동네를 나왔지만 활동지원서비스를 받지 못했고, 2014년 혼자 있던 시간에 집에 불이 나서 죽었다. 꽃동네의 어떤 직원들은 송국현의 죽음을 이 이야기의 결말로 삼았다.

"자유는 위험한 것이다. 너희에게 자유를 주겠다는 사람들은 무책임한 사람들이다."

꽃동네에서 20년을 살았던 스물다섯 살 최영은도 수녀님들로부터 그 이야기를 들었다. 하지만 그녀는 이듬해 꽃동네를 나왔다. 자신도 불타 죽을까봐 두려웠지만, 그녀가 더 두려운 건 통제된 시간 속을 살다 천천히 죽어가는 것이었다.

최영은은 며칠 전 한국방송(KBS) 9시 뉴스를 통해 결혼 소식을 전하며 이 이야기를 힘차게 이어나갔다. 꽃동네를 나와 자립한 부부는 이렇게 말했다.

"우리는 우리의 결혼을 통해 우리가 이곳에서 당신과 함께 살고 있다는 것을 말하고 싶었습니다."

2009년 장애인 여덟 명이 김포의 장애인시설을 뛰쳐나와 시설에서 살지 않을 권리를 요구하며 농성을 시작한 지 꼭 10년이 흘렀다. 그리고 2019년 그들은 시설의 상징 꽃동네를 폐쇄하고 장애인거주시설폐쇄법(일명 꽃동네폐쇄법)을 제정하라며 싸우고 있다. 이 이야기는 어떻게 끝날까. 꽃동네가 없는 사회라니, 수만 명의 시설 장애인이 해방을 맞이하는 사회라니, 그 혁명적 이야기가 어떻게 펼쳐질지 나는 몹시 가슴이 떨린다. (2019. 5. 13)

엄청나게 멀고 믿을 수 없게 가까운

환규를 처음 만난 것은 4년 전 스페인 산티아고 순례길에서였다. 피레네산맥의 중턱에서 탈진하기 직전의 그에게 물을 나눠준 인연으로 우리는 40일 동안 함께 걷게 되었다. 그는 충남 서산에서 용접공으로 일하는 스무 살 청년이었는데, 대규모 공장의 노후화된 설비를 점검하고 교체하는 것이 그의 일이라고 했다. 그에게서는 부모의 도움 없이 자기의 삶을 스스로 책임진다는 단단한 자부심이 흘렀다. 20년 전의 나로서는 절대 상상할 수 없는 삶에 나는 경외감을 느꼈고, 그런 친구를 만났다는 사실이 기뻐서 여행 오길 참 잘했다고 생각했다. 얼마 전 환규를 다시 만났을 때 그는 두 번째 산티아고 순례에서 막 돌아온 참이었고, 나에게 이런 이야기를 해주었다.

그가 그라뇬이라는 마을에 머무를 때였다. 숙소엔 낡은 피아노가 한 대 있었다. 음악을 사랑하는 그는 취미로 즐길 만한 곡을 몇 개 알고 있었으므로 그날 하루는 걷지 않고 피아노를 치며 쉬기로 했다. 비록 조율이 되지 않아 둔탁한 소리였지만 몸도 마음도 지쳐 있던 그에겐 꿀같이 평화로운 시간이었다. 그리고 며칠 후 그는 한 순례자로부터 이런 말을 들었다.

"어제 만난 순례자가 그라뇬에서 어떤 한국 남자가 피

아노 치는 걸 들었는데, 그날의 연주가 살면서 들은 제일 아름다운 음악이었대.”

그것은 물론 환규 자신에 대한 이야기였고, 환규는 자신의 연주가 누군가를 감동시켰다는 사실에 몹시 감동했다.

“누나, 저 꿈이 생겼어요.”

그날의 감동이 되살아난 듯 한껏 들뜬 목소리로 그가 말했을 때 나는 조금 긴장하고 말았다. 피아니스트가 되겠다고 다짐하기에 스물네 살은 미안하지만 좀 많은 나이라고 생각했기 때문이었다. 그런데 그는 이렇게 말했다.

“피아노를 고치는 사람이 되려고요.”

전혀 예상치 못한 전개에 나는 당황했다.

“그 피아노, 조율이 안 돼 있었거든요. 조율 안 된 피아노가 그 정도면 조율이 잘된 피아노는 얼마나 많은 사람에게 감동을 주겠어요?”

피아노를 치는 게 아니라 피아노를 고치는 일이라니. 한 번도 상상해본 적 없는 세계였다. 나는 뭔가 부끄럽기도 하고 뭉클하기도 하여 목울대에 힘을 꽉 주고 냉면을 오물거렸다.

머릿속이 아득해지면서 동시에 환해졌던 그 순간에 대해 종종 생각했다. 반으로 접혀 있던 어떤 세계가 확 펼쳐진 듯한 느낌이었는데, 나는 그것이 말로만 듣던 '진짜 노동자'의 세계인가 했고, 그러면 언제나 함께 드는 생각은 이런 것이었다. 어째서 그 세계를 마흔이 되어서야 접했고, 그 만남은 어째서 이곳이 아니라 저 먼 곳 스페인에서였을까. 나에게 그 세계는 왜 전혀 보이지 않았던 걸까. 우리 집 한편에도 늘 피아노가 있었지만, 피아노를 만들거나 고치는 사람들의 세계에 대해선 들어본 적도 생각해본 적도 없었다. 스마트폰이나 노트북, 티브이나 냉장고에 대해서도 마찬가지였다. 그 세계는 엄청나게 멀고 믿을 수 없이 가까웠다.

그 세계를 알고 싶어서 마산·창원·거제 산재추방운동연합에서 펴낸 책《나, 조선소 노동자》를 읽었다. 2017년 거제조선소 크레인 충돌 사고 현장에서 동료들의 죽음을 목격하고 트라우마를 안은 노동자들의 구술을 기록한 것이다. 배를 만드는 사람들의 인생과 노동, 상처에 관한 이야기이지만, 나에게는 이 문명이 어떻게 지탱되고 있는지에 대한 이야기처럼 들렸다. 하청의 하청의 하청인 노동자들이 마감 기한에 쪼여 안전장치도 없이 높은 곳에 올라가고 화학물질 가득한 좁은 공간 속으로 몸을 구겨 들어갈 때 그들을 버티게 하는 것은 배에 대한 애정도, 회사에 대한 애정도 아니었다. 오직 '개같이' 번 돈으로 가족의 생계를 부양한다는 자부심뿐이었는데, 사고 후 산재를 신청하자 공짜로 나랏돈 바라는 기생충 취급을 받으며 그마저도 짓밟히고 말았다. 책장을 넘길 때마다 이 구조의 비열함에 한숨을 쉬다가 어느 순간부터는 나 자신이 너무 한심해지고 말았다. 이 문명의 성과물은 취하면서 어째서 이 문명이 만들어지는 과정이나 그 과정에서 생겨나는 부산물에는 이토록 무지할 수 있었을까.

나에게 그 사실을 깨우쳐준 '진짜 노동자'는 이렇게 말한 뒤 돌아갔다.

"용접은 이제 안 하려고요. 그 일은 몸과 시간을 갈아서 돈으로 바꾸는 일이에요."

세상에 대해 잘 알지도 못하는 내가 세상에 대해 읽고 쓴다는 일이 말할 수 없이 부당하게 느껴진다. 부끄러움을 견디면서 쓴다. (2019. 6. 10)

유재석, 김연아, 그리고

지난해 어느 날 김영조 씨는 문자를 한 통 받았다. 그가 10년간 몸담았던 의용소방대에서 보낸 것이었는데, 제천 화재참사의 소방지휘관을 처벌해선 안 된다는 서명운동에 동참하라는 내용이었다. 그 부주의함에 그는 크게 상처받았다. 딸의 죽음을 슬퍼해주던 사람들의 또 다른 속마음을 아는 것은 고통스러운 일이었다. 당사자가 아니었다면 자신도 그 운동에 동참했을지도 모른다는 생각에 그는 더욱 외로워졌다. 2017년 12월 21일 그날, 그는 화재 현장 앞에 있었고, 불타는 건물 안엔 그의 딸이 있었다. 딸이 6층에 있다고 미친 듯이 소리치며 이리 뛰고 저리 뛰는 와중에도 그는 휴대폰을 놓지 않았고, 딸이 의식을 잃지 않도록 계속 이름을 불렀다.

"다애야, 다애야, 곧 구조될 거야."

사다리차가 도착했을 때 그는 정말로 그렇게 생각했다. 사다리는 펼쳐지는가 싶더니 크게 휘청였고 이내 다시 접혔다. 유리창을 깨려나보다 생각했는데 후진을 하기 시작했다. 전기선을 제거할 한전 차량에 자리를 비켜주어야 한다는 것이었다. 일분일초가 급박한 순간에 그런 어이없는 장면을 보자 다리에 힘이 풀리고 불안감이 엄습해왔다. 자리를 비켰다 돌아온 사다리차가 제대로 펼쳐지기까지 영원 같은 시간이 흘렀다. 수화기 저편에서 서서히 잦아들던 딸의 목소리는 더 이상 들리지 않았다. 다음날 새벽 그는 딸을 시신으로 만났다. 아니, 만나지 못했다. 딸의 예쁜 모습만 기억하라며 사람들이 말렸기 때문이었다. 딸의 옆에 떨어져 있었다던 휴대폰을 받고 그는 오열했다.

불법 증축된 건물은 옥상이 막혀 있었기 때문에 살기 위해 옥상을 향해 올라간 사람들은 옥탑 아래서 모두 죽었다. 복잡한 건물 구조를 잘 아는 건물 관계자들만이 무사히 탈출해 구조되었다. 골든타임은 속절없이 허비되었다. 현장에 도착한 지휘관은 2분에 걸쳐 방화복으로 갈아입은 후 화재 현장을 둘러보지도 않은 채 뒤늦게 도착한 소방서장에게 지휘권을 넘기기까지 16분 동안 어떠한 조처도 지휘도 하지 않았다. 여론이 심상치 않자 그는 액화석유가스(LPG) 탱크 주변의 불을 끄는 데 집중했다고 해명했지만, 티브이에 출연해서는 "도착해보니 아주 큰 불이었고 그 정도면 골든타임은 이미 끝난 것"이라고 말했다. 그러나 그 시간 딸은 살아 있었고, 살려달라고 애타게 외치고 있었다.

소방청 합동조사단의 조사 결과 화재 당시 소방대원의 건물 진입은 충분히 가능했고, 그랬다면 상당수의 생존자를 구조할 수 있었을 것이 확인되었다. 그러나 제천시 소방인력은 전국 평균의 절반에도 미치지 못했고, 미흡했던 현장 지휘로 그마저도 효율적으로 움직이지 못했다. 무전기는 터지지 않았고 사다리차는 제대로 작동하지 않았다. 119상황실과 화재 현장의 소통은 원활하지 못했고 부적절하게 출동한 헬기는 화재를 더욱 확산시켰다. 안전 불감증 사회와 무능한 소방당국이 키운 사회적 참사에 대통령과 국무총리, 장관이 앞을 다투어 진상규명과 재발방지를 약속했다.

그러나 1년 반이 지난 지금 이 일로 처벌받은 사람은 건물주와 관리인, 세신사, 카운터 직원 같은 힘없는 개인들뿐이다. 불법 증축의 인허가와 허술한 소방관리, 구조의 실패를 책임지는 공무원은 아무도 없었다. 개인에게 모든 책임을 돌리는 것, 그것이 이 사회의 확고한 시스템이었다. 경찰은 소방지휘부에 책임이 있다고 판단했지만 검찰은 기소하지 않았다. 유가족이 항고했으나 기각되었다. 이에 불복해 법원에 낸 재정신청도 기각되었다. 그러자 소방에 대한 책임을 지고 유가족과 보상금을 협의 중이던 충청북도가 돌연 자신들에겐 아무런 잘못이 없다며 자신들이 하려는 것은 '보상'이 아니라 '위로'임을 강조했다.

김영조 씨가 말했다.

"우리나라엔 성역이 세 가지 있습니다. 유재석과 김연아, 그리고 소방관이요. 우리는 영웅과 싸우고 있습니다."

그는 의용소방대에서 탈퇴했고 평생 살아온 고향을 떠났다. 세월호와 완벽하게 닮았지만 절묘하게 다른 어려움에 나는 작게 탄식했다. 그는 밤마다 불타는 건물 앞에 서서 살려달라는 딸의 목소리를 듣는다. 아무도 처벌받지 않았으므로 매일 밤 그는 힘없는 부모인 자신을 벌한다. 아무도 사과하지 않고 위로만 넘치는 사회에서 피해자들은 폐만 끼치는 존재가 되었다. 이제라도 충청북도는 책임을 인정하고 희생자들과 피해자들에게 사과해야 한다. 그것이 억울하게 죽은 고인들을 위한 최소한의 도리일 것이다. (2019. 7. 8)

어느 발달장애인의 생존 기록

3월, 기정의 어머니가 쓰러졌다. 여든다섯의 어머니는 병원에 실려 갔다가 그길로 돌아오지 못하고 요양원으로 옮겨졌다. 마흔에 낳은 딸이 마흔다섯이 될 때까지 어머니는 단 하루도 이날을 생각하지 않은 적이 없었다. 그럼에도 그녀가 할 수 있는 일이란 그저 이 이별을 하루라도 더 지연시키는 일. 버티고 버티던 어머니는 별안간 사라졌다. 덩그러니 혼자 남은 기정은 중증 발달장애인이었다. 타인과의 의사소통이 어렵고, 혼자서는 밥을 먹고 씻고 화장실을 가는 일이 불가능했다. 기정이 먼 친척의 부축을 받으며 노들장애인야학을 찾아온 것은 그로부터 며칠이 지난 뒤였다. 그들은 가족이 없는 중증 발달장애인이 시설에 가지 않고 살 수 있는 방법이 무엇이냐고 물었다.

방법을 몰랐으므로 방법을 찾아보자며 노들은 기정의 상황을 서울시 발달장애인지원센터에 접수시켰다. 2015년 시행된 발달장애인법에 의해 센터는 '개인별 지원계획'이란 것을 수립해야 했다. 5월, 기정이 사는 광희동, 중구, 서울시의 장애인복지 책임자들이 한자리에 모였다. 그 자리에 참석했던 야학 교사가 말했다.

"그 회의가 정말, 절망적이었어요."

그들이 가져온 개인별 지원계획이란 다름 아닌 '시설 입

소'였다. 문제는 서울시가 탈시설 정책의 일환으로 2016
년부터 서울시가 관할하는 장애인시설의 신규 입소를 금
지했다는 것인데, 그래서 그들은 정신병원이나 비서울지
역 장애인시설을 알아보는 중이라며 자신들의 노력을 강
조했다.

무엇보다 절망적이었던 것은 순진하고 무례한 공무원
들의 태도였다. 기정에겐 24시간 활동지원서비스가 필요
했다. 그러나 국가 예산으로는 지원할 수 없으니 사비로
쓰도록 하라며, 친절하게 계산기를 두드리며 금액을 알려
주더라는 것이었다. 그게 얼마냐고 내가 묻자 야학 교사
가 대답했다.

"한 달에 500만 원이 넘죠."

나는 새삼 놀랐다. 그것은 늙은 어머니가 홀로 감당해온
노동의 무게이자 국가가 가족에게 떠맡긴 복지의 무게였
다. 그 책임자들은 미안해하기는커녕 가족의 고통을 깎아
내리며 말했다.

"어머니가 간혹 때렸다고 하던데, 맞고 사는 것보단 시
설에 들어가는 게 더 낫죠."

그사이 기정은 천덕꾸러기처럼 이 보호시설에서 저 보
호시설로 옮겨졌다. 낯선 환경에 던져진 기정은 식사를 거

부했고 잠을 자지 않았고 소리를 지르며 어머니를 찾았다. 수면제와 신경안정제를 계속 강제로 먹어야 했다. 5월 말, 야학 교사가 그녀를 다시 만났을 때 기정은 식물인간처럼 무력해진 상태였다. 음식을 삼키지도 못했고 엉덩이엔 욕창까지 생겨 있었다. 그대로 두었다간 죽거나 정신병원에 가게 될지 몰랐다.

"어려울 거라고는 생각했지만 그렇게 어려울 줄은 몰랐어요."

야학 교사가 말했다. '방법이 없다'는 걸 받아들이는 데 석 달이 걸렸다. 그 말은 새삼스럽게 뼈아팠다. 방법이 있었다면 어떤 부모가 자식을 시설에 보냈을까. 방법이 단 하나라도 있었다면 어떤 부모가 자식을 살해하고 자신도 죽기를 기도했을까.

6월, 방법이 없었으므로 노들은 기정의 손을 잡았다. 함께 살아보기로, 함께 싸워보기로, 그 불확실한 미래에 함께 휩쓸려보기로 한 것이다. 기정은 석 달 만에 집으로 돌아왔다. 어머니가 딸을 위해 만들어둔 누룽지와 매실액, 온갖 약재가 가득한 집에서 기정은 오랜만에 깊은 잠을 잤다. 노들은 대책위를 꾸렸다. 그리고 24시간 활동지원 계획을 수립했다. 여성 활동가 스무 명이 조를 짜 기정의

낮과 밤을 함께 채웠다. 그리고 구청과 서울시에 24시간 활동지원서비스를 요구하며 싸웠고 드디어 쟁취했다. 7월, 기정은 가까스로 살아남았다.

2009년, 여덟 명의 신체장애인이 시설을 뛰쳐나와 탈시설 권리를 요구하며 싸운 뒤 10년이 흘렀다. 그들이 온몸을 던져서 만든 길을 따라 수많은 사람들이 자유를 얻었다. 2019년의 나는 2009년의 내가 결코 상상하지 못했던 세상에서 살아간다. 2019년의 최전선엔 기정이 있다. 처음 기정이 친척의 부축을 받고 찾아왔던 그날처럼 나는 노들의 활동가들에게 물었다.

"그래서 이제 기정은 어떻게 살아야 돼요?"

폭풍을 함께 견뎌낸 사람들은 모두 약속이나 한 듯이 말했다.

"음~ 기정 언니는 일단 밥을 먹어야 해요."

기정이 어서 건강을 회복하기를, 그리고 노들과 함께 이 사회의 수많은 '기정들'이 살아갈 수 있는 새로운 길을 만들어가기를 응원한다. (2019. 8. 5)

동물적인, 너무나 동물적인

카라는 3개월 전에 우리 집에 왔다. 카라는 태어난 지 3개월 된 새끼 고양이였는데, 입양할 사람이 나타날 때까지만 맡아달라며 친구가 부탁한 것이었다. 카라는 등과 얼굴에 호랑이 같은 줄무늬가 있는 고양이였는데, 특히 눈가의 줄무늬가 아이라이너로 일부러 그려놓은 것처럼 선명했다.

"꼭 마스카라를 한 것 같네."

아이라이너와 마스카라를 구분할 줄 모르는 남편이 말했다.

"정말 그러네."

아이라이너와 마스카라에 대한 기억이 흐릿해진 내가 맞장구를 쳤다. 그렇게 카라는 카라가 되었다. 며칠 뒤 우리는 카라의 이름을 잘못 지었다는 사실을 깨달았는데, 카라가 자기 키의 세 배쯤 되는 점프를 지치지 않고 해대는 모습을 보았을 때였다. 남편이 말했다.

"꼭 용수철 같아. 수철이로 지을 걸 그랬어."

카라는 에너지가 넘치는 고양이였다. 우리 집에서 그릴 수 있는 가장 긴 직선을 찾아내 쏜살같이 달렸다. 현관의 신발 사이에서 뒹굴다가 이불 속으로 뛰어들었고 시원하게 똥을 눈 뒤 싱크대 위로 점프했다. "안 돼!" 하고 붙들려고 하면 경찰에 체포되지 않으려는 시위대처럼 바닥에 철퍼덕 드러누웠다. 이 집에 공기처럼 흐르던 규칙은 온통 인간중심적인 것들이어서 어린 고양이를 납득시키기가 몹시 난감했다. 그것은 시간에 대한 개념도 마찬가지여서, 카라는 새벽 1시와 5시에 인간의 손과 발을 사정없이 물었다. 자다가 습격을 당하고 피를 보는 나날이 계속되었다. 고양이의 이빨과 발톱은 정말로 날카로워서 우리는 매일 밤 정글 속에 이불을 펴고 누운 기분이었다. 카라와 함께 사는 일은 인간적으로 아주 피곤했고, 왜인지 굴욕적이었고, 무엇보다 몹시 무시무시한 일이었다.

보름이 지났을 때 친구로부터 우리 집에 오기 전 카라의 상황을 들었다. 태어난 지 2개월이 됐을 무렵 카라는 상자에 담긴 채 서울 난곡터널 앞에 버려져 있었다. 카라를 데려다 키운 건 스무 살 남짓한 여자애였다. 그가 사는 방은 고시원처럼 작아서 겨우 발을 뻗고 누울 만했는데 그마저도 짐으로 가득 차 있었다고 친구가 말했다. 가정과 학교 바깥에서 살아온 여자애는 이미 1천만 원도 넘는 카드빚을 지고 있었다. 카라는 그 방에서 한 달 동안 묶여서 지냈다고 했다. 나는 한숨을 폭 쉬었다. 갚아야 할 돈이 많은 어린 여자의 생활은 몹시 고단했을 것이다.

'나였어도 묶었을 거야.'

나는 빠르게 인간의 마음을 이해했다. 카라를 알기 전이었다면 아마 거기까지만 생각했을 것이다. 그러나 나의 시선은 어느샌가 자고 있는 여자애를 어둠 속에서 바라보는 작은 고양이에게로 옮겨가 있었다. 강아지처럼 낑낑댔을까. 용수철처럼 펄쩍펄쩍 뛰었을까. 그 생각을 하면 이상할 만큼 가슴이 아파왔다. 카라에게 이빨과 발톱이 있어서 참 다행이었다.

친구가 돌아간 뒤 설거지를 하다가 나는 툭 뱉었다.

"우리가 키우자."

실은 그 말이 함부로 튀어나올까봐 보름 동안 참고 있었던 건지도 몰랐다. 걸레질을 하던 남편이 무심한 척 받았다.

"그러자."

언젠가 아빠가 했던 말이 떠올랐다. "우리 낳았을 때 좋았어요?"라고 내가 물었을 때 아버지는 대답했다.

"아니, 무서웠다."

나는 무서웠다. 내가 얼마나 인간중심적인 사람인지를 깨닫게 해주는 이 낯선 존재가 무섭도록 좋았다. 나에게 동물이란 갇혀 있거나 묶여 있거나 살점으로만 존재했다.

하나의 생명을 온전히 책임져본 적 없었다. 나는 간절히 카라의 마음을 얻고 싶었다. 남편에게 같이 살자고 말했던 순간처럼 뭉클한 기분이 되었다.

어떤 앎은 내 안으로 들어와 차곡차곡 쌓이지만 어떤 앎은 평생 쌓아온 세계를 한 방에 무너뜨리며 온다. 혁명 같은 그런 앎은 자주 오는 것이 아니다. 작은 고양이의 눈으로 세상을 보기 시작한 지금이 바로 그 순간이라는 걸, 나는 동물적으로 알았다. 마흔이 되었을 때 남편은 이렇게 말했다.

"40년 동안 쓰지 않았던 감각을 찾아서 훈련하겠어. 살아왔던 방식대로 사는 게 아니라 새로운 방식으로 살아보는 거지."

오른손잡이였던 남편은 그날부터 왼손으로 젓가락질을 하기 시작했다. 엉뚱하지만 그럴싸해서 나도 따라 해보고 싶었다. 카라를 만났으므로, 머리로만 알던 것, 미루고 미루어오던 일을 시작해야 할 때가 되었다. 인간도 동물이란 감각을 일깨우는 것. 모든 살아 있는 것들은 살고 싶어한다는 걸 잊지 않을 것. 나는 동물들을 잔혹하게 착취하는 고기를 먹지 않으며 살아보기로 했다. (2019. 9. 2)

분식집 메뉴판을 세 번이나 훑어보았다. 40여 가지의 음식 중에 내가 먹을 수 있는 건 칼국수와 비빔밥뿐이었다. 대단한 선택이라도 되는 양 둘 사이에서 오래 번민하다 자포자기의 심정으로 주문했다.

"비빔밥 주세요."

주문이 주방으로 전달되는 그 짧은 순간 나는 또 갈등했다. 어제 못한 그 말을 오늘은 할 수 있을까. 사랑 고백이라도 하듯 한참을 머뭇거리다 용기를 내 힘껏 말해보았다.

"계란프라이는 빼주세요."

휴, 해냈다. 이게 뭐라고, 몹시 뿌듯했다. 오늘치의 작은 전투에서 승리했다고 생각하던 찰나, 나는 밑반찬으로 나온 계란말이를 보고 말았다. 일단 나온 거니까 그냥 먹지 뭐(앗싸!).

오늘도 실패다. '탈육식'을 시작한 지 두 달이 되었다. 고기는 어디에나 있다. 샐러드김밥에도 있고, 심지어 초코파이 속에도 있다.

동물권에 관해 제법 많은 영상과 책을 찾아보았다. '공장식 축산'이란 단어가 좀처럼 입에 익지 않아서, 책에서 읽은 몇 가지 충격적인 장면들을 통째로 외웠다. 가령 이런 것들. 알을 낳는 게 목적인 산란계(닭)의 경우 쓸모가 없는 수평아리는 태어나자마자 거대한 칼날이 24시간 돌아가는 분쇄기에 넣어 비료로 만든다거나, 새끼를 낳는 게 목적인 종돈(돼지)의 경우 평생 동안 '스톨'이라는 형틀에 갇혀 옴짝달싹도 못한 채 강간과 임신, 출산을 반복하다가 '회전율'이 떨어지면 햄버거 패티 같은 분쇄육이 된다는 것. 그들은 굳이 살처분이 아니더라도 이 세계 어딘가에서 우리가 삼시 세끼 밥을 먹듯, 아니, 비유가 아니라 정말로 그것 때문에, 일상적으로 고문당하고 살해되고 분쇄되고 있었다.

본 영상 중 내 마음을 가장 요동치게 만든 것은 동물권 단체 '디엑스이'(DxE, 다이렉트 액션 에브리웨어-서울)가 벌인 일련의 불복종 시위였다. 8월의 어느 날, 20여 명의 청년이 이마트 매장 안으로 들어섰다. 조금의 머뭇거림도 없이 성큼성큼 걸어가던 청년들은 정육 코너 앞에서 멈췄다. 그리고 진열대의 붉은 포장육 위에 국화를 한 송이씩 올리기 시작했다. 나는 웃어야 할지 울어야 할지 정말로 알 수가 없었다. 나만큼이나 당황했을 직원들이 우물쭈물하는 사이, 청년들이 빠르게 도열해 노래를 부르기 시작했다. 그들은 노래를 부르기 위해 그곳에 모인 사람들처럼 진지하고 엄숙했다. 노래는 이렇게 시작했다.

"사람들만이 생각할 수 있다, 그렇게 말하진 마세요. 나무와 바위, 작은 새들조차 세상을 느낄 수 있어요."

디즈니 애니메이션 <포카혼타스>의 배경음악이기도 한 그 노래 '바람의 빛깔'은 이마트 정육 코너에서 불리기엔 지나치게 서정적이고 아름다웠기 때문에 나는 그만 크게 웃고 말았다. 그러면서도 나의 상식을 와르르 무너뜨리는 그 시위가 너무 좋아서 가슴이 쿵쿵 뛰었다. 노래는 구호보다 과격하고 꽃은 칼보다 더 위험하게 느껴졌다.

'꽃을 든 저 게릴라들은 어디서 왔을까. 무엇을 보면 그렇게 먼 것들을 연결할 수 있게 될까.'

그들이 본 것을 나도 보고 싶었다. 나는 청년들의 영상을 더 따라가 보았다. 한 달 전 그들은 경기도의 한 종돈장(돼지의 번식을 목적으로 임신과 출산이 반복되는 곳)에서 끔찍한 환경에 노출된 아기 돼지 두 마리를 '구조'하고 사산된 한 마리를 품에 안고 나왔다. 충주의 닭 도살장에 갔던 날엔 그 입구를 막아 도살되기 직전 아기 닭들의 시간을 잠시 멈췄다. 그들은 한적한 산속에서 오직 인간의 입맛을 위해 참혹하게 도살되는 소와 돼지와 닭들의 비명과 두려움에 떠는 눈망울, 거친 숨소리를 기록해 사회관계망

서비스(SNS)를 통해 세상으로 전송했다. 죽은 아기 돼지의 장례를 치르고 내일이면 사라질 생명의 마지막 목격자가 된 그들의 다음 목적지는 서울이었다.

청년들이 향한 곳은 청와대나 검찰청, 광화문광장이 아니었다. 그들이 향한 곳은 롯데리아와 베스킨라빈스와 이마트였다. 아직 살아 있던 동물들의 살고 싶어 하는 절박한 눈빛을 기억하는 이들에게 가장 무참한 그곳에서 청년들이 외쳤다.

"음식이 아니라 폭력입니다. 죽이지 않고 살 수 있습니다."

나는 다시 이마트 정육 코너에서의 방해 시위 영상을 보았다. 인간을 위해 동물들을 착취하는 것이 정상적으로 여겨지는 사회 질서 속으로 꽃을 들고 성큼성큼 걸어오는 청년들은 고속도로 위의 고라니처럼 아슬아슬해 보이는 동시에 주택가에 나타난 야생 멧돼지처럼 위험해 보였다. 그리고 유엔 기후행동 정상회의에서 각국의 정상들에게 "생태계 전체가 붕괴되고 있는 이 시점에 어떻게 당신들은 감히 돈과 경제 성장에 대한 이야기만 할 수 있습니까!"라며 호통치는 열여섯 살의 환경운동가 그레타 툰베리처럼 위엄이 넘치는 것이다. 같은 시위를 보고 있었지만 이번에

나는 전혀 웃지 않고 조금 울고 있었다. (2019. 9. 30)

고통을 기록하는 마음

세월호참사 2000일을 맞이해 416세월호참사 작가기록단에서는 팟캐스트 〈416구술라디오: 맹꽁이와 나비의 말〉을 열었다. 유가족과 생존자 가족들 이야기 열다섯 편을 중견 성우들이 낭독한 것이다. 세월호 가족의 이야기를 듣고 기록했다고 하면 사람들은 묻는다.

"그렇게 고통스러운 이야기를 들으면 힘들지 않나요?"

기록하는 마음을 한마디로 표현하긴 어렵지만 분명한 것은 이 일이 힘이 드는 동시에 힘이 되는 일이기도 하다는 것이다. 어떤 장면들은 오래오래 기억해두고 싶다. 언젠가 내 마음이 힘들 때, 남들은 참 쉽게 하는 일들이 나에게만 어려운 것처럼 느껴질 때 꺼내볼 수 있도록. 가령 이런 장면들.

지성 엄마 명미 씨는 두려움이 많은 사람이었다. 도로에 차를 끌고 나갈 수 없어 10년 동안 면허증을 갖고만 있었다. 시장을 갈 때도 남편이 운전하는 차를 타고 다녔다. 그러나 참사 후 남편은 416티브이 활동을 하느라 잠잘 때 외에는 집에 들어오지 않았다. 명미 씨는 남편을 보기 위해 분향소에 나갔고 남편의 일이 끝나기를 기다렸다 남편이 운전하는 차로 귀가했다. 그러던 어느 추운 겨울날 불현듯 더 이상 이렇게 살 수 없다고 명미 씨는 생각했다.

"누구나 한번씩 그런 때가 오잖아요. 스스로 다짐할 때. 자기 변화가 올 때."

그는 곧바로 학원에 찾아가 운전 연습을 했고 마침내 차를 끌고 도로로 나왔다.

그 후 명미 씨는 카메라를 든 남편을 태우고 팽목항도 가고 청와대도 갔다. 최루액과 물대포가 난무하는 집회 현장도 갔다. 자식 잃은 엄마는 두려울 게 없다고 말하는 대신 그는 시종 말했다. 너무 두려웠다고. 그렇게 무시무시한 건 본 적이 없다고. 여자는 나서면 안 된다는 굴레가 자신을 무겁게 짓누르고 있다는 사실도 그때 알았다. 자그마한 체구의 명미 씨가 온몸에 잔뜩 힘을 주고 부들부들 떨면서 커다란 차를 몰아 군중 속으로 들어가는 장면을 상상하면 나는 조금 웃게 된다.

"너무 버거웠는데 도망가지 않았어요."

"내가 그걸 잘하나봐요, 버티는 거."

그의 말에 묻어나는 담담한 자부심이 너무 좋다.

또 이런 장면도 있다. 참사 1주기가 다가오던 2015년 4월의 어느 날 광화문광장에서 유가족들이 삭발을 했다. 카메라 셔터 소리가 쉴 새 없이 터지는 현장에 영만 엄마 미경 씨도 자기 차례를 기다리며 서 있었다. 미경 씨는 아직도 이 상황을 완전히 받아들이진 못하고 있었다. 전날 남편에게 물었다.

"여보, 삭발한다고 하는데 나도 할까?"

보수적인 남편이 반대를 하면 그 핑계로 하지 말아야지 생각하고 있었는데 남편은 망설임 없이 "해야지" 했다. 미경 씨 가슴이 철렁했다. 투쟁하는 사람들을 보며 손가락질하던 자신이었다. 게다가 여자가 삭발이라니. 너무 두려워서 광화문으로 오는 버스 안에서도, 광장에서 차례를 기다리면서도 망설임을 떨쳐버릴 수가 없었다.

미경 씨가 말했다.

"근데 웃긴 게요. 제가 갈등을 하면서도 앞에서 머리 자르는 사람들을 다 지켜보고 있었어요. 누가 이쁘게 잘라주는지 보려고요. 머리를 미는 것도 기술이 필요하더라고요. 지켜보다가 예쁘게 잘라주시는 분 앞에 얼른 가 앉았어요."

미경 씨의 망설임과 두려움을 읽어준 것은 머리를 밀어주던 여성이었다. 그가 미경 씨를 뒤에서 안아주며 "어머니, 죄송해요"라고 말하는 순간 미경 씨의 눈에서 눈물이 왈칵 쏟아졌다. 뉴스에서 엄마의 삭발 소식을 듣고 한참 울던 아들은 늦은 밤 만난 엄마의 민머리를 보며 말했다.

"엄마, 예뻐요."

나는 이 장면을 아주 사랑한다.

나는 '고통이 사라지는 사회'를 꿈꾸지 않는다. 여기는 천국이 아니니까. 내가 사랑하는 사람들이 예수나 전태일처럼 살기를 바라지도 않는다. 그들은 모두 일찍 죽었기 때문이다. 나는 내가 사랑하는 사람들이 되도록 몸을 사리며 적당히 비겁하게 내 곁에서 오래 살아주길 바란다. 그러므로 나는 이 세계에서 일어나는 고통에 대해 얼마간의 책임이 있고 어떤 의무를 져야 하는 것이다. 고통을 기록하는 마음은 광장에서 미경 씨의 머리를 밀어주며 "죄송해요"라고 말했던 여성의 마음과 비슷할 것 같다. 바라는 것은 그가 나에게 안심하고 자기의 슬픔을 맡겨주는 것이고, 나는 되도록 그의 떨림과 두려움을 '예쁘게' 기록해주고 싶다. 내가 진심으로 바라는 세상은 '싸우는 사람들이 사라지지 않는 사회'이기 때문이다.

〈416구술라디오: 맹꽁이와 나비의 말〉 많은 청취 부탁 드립니다. (2019. 10. 28)

그냥 사람

요즘 나는 장애해방운동 열사 정태수의 생애를 기록하고 있다. 소아마비 장애인이었던 정태수는 시혜와 동정의 대상이었던 장애인을 투쟁의 주체로 조직하여 거리에 세운 진보적 장애인운동 활동가였다. 노들장애인야학을 만든 사람이기도 한 그는 내가 처음 노들야학 교사가 되었을 무렵인 2002년 심장마비로 급작스럽게 세상을 떠났다. 그의 나이 서른다섯이었다. 그는 야학 교장 박경석의 절친한 친구였다. 생전의 그를 만난 적 없는 나에게 정태수에 대한 인상은 그의 장례식에서 눈과 코가 빨개져서 울던 경석의 슬픈 얼굴과 경석이 부르던 태수의 18번곡 '의연한 산하'였다. 나는 경석에게 물었다.

"당신에게 정태수는 왜 그토록 소중한가요."

1983년 스물세 살의 경석은 행글라이딩을 하다 추락하여 하반신이 마비되는 장애를 입고 5년 동안 집에서만 지냈다. 1988년 다시 살아야겠다는 마음으로 복지관 직업훈련과정에 입학한 경석은 그곳에서 태수를 만났다. 태수는 '나쁜 장애인'이었고 경석은 '착한 장애인'이었다. 복지관은 점심시간마다 훈련생들에게 국민체조를 시켰는데, 일종의 정신교육이었다. 어느 날 술자리에서 태수는 국민체조 거부 투쟁을 모의했고, 경석은 그 사실을 선생님에게

고했다. 모의는 실패했고 동기들은 경석을 빼고 술을 먹으러 가기 시작했다. 곧 외로워진 경석은 자존심을 접고 다시 술자리를 기웃거렸다. 태수는 장애인 문제는 개인의 탓이 아니라 사회 구조의 탓이라며 세상을 변혁해야 한다고 말했고, 경석은 그런 태수에게 조금씩 물들어갔다.

1년 후 졸업한 그들은 동문들의 취업 실태를 조사해 동문회 소식지에 실었다. 90퍼센트가 실업 상태였다. 아니나 다를까 복지관 쪽에서 소식지를 압수해 가버렸다. 장애인들은 취업대책 마련을 요구하며 농성을 시작했다. 경석은 그날에 대해 이렇게 썼다.

"농성 첫날 태수가 머리를 빡빡 민 채 나타났다. 장난이 아니었다. 충격이었다."

멋쩍게 웃는 태수를 보며 경석이 충격을 받은 건 태수의 어떤 결기 때문이 아니었다. 그가 이 일을 아주 진지하게, 그러니까 장난이 아닌 것으로 받아들이고 있다는 사실 때문이었다. 국민체조 거부 투쟁을 선생님에게 밀고(?)해놓고선 왜 자존심도 없이 그들과 다시 어울렸느냐고 내가 물었을 때 경석은 말했다.

"그때 난 이야기할 사람이 우리 어머니밖에 없었어."

장애인이 된다는 건 그런 것이었다. 장애인이 세상을 변혁할 수 있다는 말은 경석에게 옳은 말로 하는 거대한 농담 같은 것이다.

당신에게 정태수는 어떤 의미인가요, 하고 묻자 경석은 이렇게 말했다.

"나는 장애인이 불쌍하다고 생각했어. 그랬던 내가 그 불쌍한 장애인들 속으로 떨어졌으니 인생이 비참해 죽을 것 같았는데, 그때 태수가 왔지. 그런데 그 장애인이 사람으로 보이는 거야. 불쌍한 장애인이 아니라 그냥 사람. 태수는 나한테 새로운 세계를 보게 해줬지, 충격적으로."

나는 이 말이 참 좋았는데, 그 순간 경석이 '그냥 사람'으로 보였기 때문이었다. 경석은 장애인 이동권 투쟁을 일으킨 사람이자 전국장애인차별철폐연대를 조직한 사람이고, 내가 처음 야학 교사가 되었을 때 나에게 새로운 세계를 충격적으로 보게 해줬던 사람이었다. 말하자면 그는 나에게 처음부터 열혈 투사였다. 그에게도 데모는 하기 싫지만 술은 먹고 싶고, 술은 먹고 싶지만 친구라곤 어머니밖에 없었던 '불쌍한 장애인' 시절이 있었다는 이야기를 나는 언제나 그저 장난처럼 여겨왔던 것이다. 그것이 장난이 아니었다는 걸 알아서, 충격적으로 좋았다.

장애열사들의 생애를 기록하는 일은 마치 완성되어 있

던 레고 작품을 해체한 뒤 다시 조립하는 일 같다. 그의 생애를 횡으로 종으로 조직하며 나는 여러 열사들을 만났다. 1984년 휠체어를 탔던 지체장애인 김순석은 거리에 턱을 없애달라는 유서를 쓰고 자결했고, 1995년 장애인 노점상 이덕인은 철거에 맞서 저항하던 어느 날 변사체로 발견되었으며, 2002년 국민기초생활보장법 수급자 최옥란은 최저생계비 현실화를 요구하며 싸우다 음독을 시도했다. 나는 다시 처음으로 돌아왔다. 정태수가 떠난 자리는 내가 장애인운동을 시작한 자리이기도 하다. 경석은 눈과 코가 빨개져서 울었고 태수의 18번곡인 '의연한 산하'를 불렀다. 그는 2001년 나에게 혁명처럼 닥쳐온 그 세상이 실은 아주 느리고 치열하게 조직되어 온 거대한 우주였음을 노래하고 있었다. (2019. 11. 25)

좋은 사람, 좋은 동물

70만 원을 주고 캣타워를 샀다. 캣타워는 높은 곳에 올라가길 좋아하는 고양이들을 위한 탑 형태의 구조물인데, 이것을 사느라 두 달 꼬박 일해서 받은 원고료의 절반이 사라졌다. 6개월 전의 내가 지금의 나를 본다면 어딘가 단단히 고장이 나버린 모양이라고 생각할 것이다. 그러니까 나는 고양이를 사랑하게 되었다. 나도 내가 이렇게 될 줄 정말 몰랐다. 6월에 우연히 고양이 카라를 만난 후 나의 일상엔 혼란과 깨달음, 기쁨과 두려움이 폭풍처럼 휘몰아쳤다.

카라에게 처음 "사랑해"라고 말했던 순간을 아직도 기억한다. 그 말은 나도 모르게 튀어나왔다. 소파에서 자기의 앞발바닥을 열심히 핥고 있던 카라는 내 말을 듣더니 뒷다리를 휙 치켜들어 핥기 시작했다. 이렇게 중요한 말을 했는데도 카라가 전혀 알아듣지 못한다는 사실이 몹시 이상하게 느껴졌다. 그렇다고 내가 '야옹야옹' 할 수도 없는 노릇이었으므로 나는 별수 없이 그 후에도 계속 카라에게 사랑한다고 인간의 언어로 말해주었다. 카라와 함께 살며 칼럼 몇 편을 썼다. 막연했던 생각들이 며칠간의 씨름 끝에 선명한 문장이 되면 글은 아주 먼 곳까지 날아가 내가 모르는 사람들에게 가닿았다. 하지만 그 여름 내가 가장 소통하고 싶었던 존재는 다른 누구도 아닌 카라였으므로, 나는 나의 언어가 몹시 쓸모없게 느껴졌다. 왕자를 사랑해 인간이 되고 싶었던 인어공주처럼 나는 진지하게 고양이가 되고 싶다는 상상을 했다.

　가을이 되었을 때 홍시라는 고양이의 소식을 들었다. 홍시는 태어난 지 6개월 정도 된 길고양이였다. 태풍 링링이 전국을 강타했던 그 이튿날 파주의 한 할아버지가 홍시를 붙잡아 그물망으로 묶은 뒤 커다란 삽으로 여러 번 내리쳤다고 했다. 동물자유연대의 활동가가 현장으로 달려갔을 때 홍시는 눈알이 튀어나오고 광대뼈가 부러져 입과 코에 피를 흘리고 있었다. 나는 사진으로 홍시의 모습을 보았다. 고등어 줄무늬에 하얀 턱시도를 입은 홍시는 카라와 쌍둥이처럼 닮아 있었다. 그물에 묶인 채 힘없이 앉아 있던 홍시의 모습이 며칠 동안 머릿속을 떠나지 않았다. 나는 홍시를 구조한 단체에 전화를 걸었고 11월 내 생일에 우리 부부는 홍시를 입양했다. 까칠한 카라와 달리 홍시는 순하디순한 고양이였다. 품에 안으면 아기처럼 한참 동안 가만히 내 눈을 응시했다. 홍시의 초록빛 눈을 바라보고 있으면 마치 홍시의 엄마 고양이가 된 것 같은 생각이 들었다.

홍시와 함께 살며 몇 명의 사람들을 인터뷰해 글을 썼다. 하지만 그 가을, 내가 누구보다 인터뷰하고 싶은 존재는 홍시였다.

'태풍 링링은 정말 무시무시했는데, 그날 너는 아무것도 못 먹었겠구나. 배가 많이 고팠지? 그래서 그다음 날 그 할아버지네 텃밭에 갔었니? 그 사람이 너를 그물망으로 꼼짝 못하게 묶었을 때 얼마나 무서웠어? 눈을 잃을 정도였다니 정말 아팠겠다. 혹시 그날 엄마와 헤어졌니?'

묻고 싶은 것이 너무 많았다. 그물망에 갇혀 '애-응 애-응' 하고 울었을 홍시를 생각하니 가슴이 아팠다. 사랑한다고, 이렇게 살아줘서 정말 고맙다고 말하며 홍시를 꽉 안아주었다. 홍시는 찹쌀떡처럼 하얗고 도톰한 발로 내 머리카락을 잡으며 놀았다. 나는 끝내 들을 수 없는 것들을 평생 궁금해하며 살아가게 될 것이다.

명색이 고통을 기록하는 활동가인데, 두 고양이를 사랑하게 된 후에야 내가 듣고자 했던 고통엔 오직 인간의 자리만 있었다는 사실을 깨달았다. 삽으로 머리를 얻어맞은 기분이었다. 뉴스에선 그물에 갇힌 채 가스를 주입당해 살해되는 돼지들이 매일같이 보도되었다. 살려달라고 뛰쳐나온 돼지들을 인간들이 삽으로 내리쳤다. 뉴스 앵커들은 돼지가 아니라 인간의 피해만 걱정했고, 정치인들은 돼지 농가를 살려야 한다며 돼지 인형을 머리에 쓴 채 삼겹살을 구워 먹는 행사를 했다. 그들 사이엔 손석희나 심상정처럼 내가 믿고 좋아했던 사람들도 있었으므로 나는 마음이 복잡해졌다.

나는 '짐승 같은' 현실 속에서도 인간다움을 잃지 않은 훌륭한 사람들의 이야기를 많이 알고 있다. 그런 이야기를 들으면 나도 좋은 사람이 되고 싶어졌다. 그러나 요즘의 나에게는 '좋은 사람이 되고 싶다'는 말이 좋은 비장애인이나 좋은 이성애자가 되고 싶다는 말처럼 이상하게 들린다. 이제 나는 좋은 동물이 되고 싶어졌다. 40년을 살면서 한번도 배워보지 못한 그것이 앞으로 살아갈 생의 중요한 과제가 될 것이다. (2019. 12. 23)

5

인간의 끝, 인간의 최전선

세월호참사가 일어났던 그해 여름, 광화문에서 유민 아빠가 목숨을 건 단식을 하고 있었고 일베가 이제 그만 좀 하라며 폭식투쟁을 예고했을 때였다. 방송인 김제동은 농성 중인 유가족을 찾아 이런 이야기를 했다.

"제가 어렸을 때 촌에서 자랐는데, 송아지를 먼저 팔면 어미 소가 밤새도록 웁니다. 일주일, 열흘 끊이지 않고 웁니다. 그냥 우는 것이 아니고 끊어질 듯이 웁니다. 그러면 송아지를 팔았던 우리 삼촌이 그다음 날 아침에 담배 하나 피워 물고 더 정성껏 소죽을 끓였습니다. 저 소는 왜 우냐고 타박하는 이웃을 한번도 본 적이 없습니다. 하다못해 짐승에게도 그렇습니다. 기한은 우리가 정하는 것이 아닙니다. 소가 울음을 멈출 때까지입니다. 유가족 여러분의 슬픔이 끝날 때까지여야 합니다."

고통을 당한 존재에게 인간이 가져야 할 태도에 대해 선명하고도 뭉클하게 보여주는 이 이야기가 나는 좋았다. 6년이 지난 지금, 나는 이 이야기를 조금 다른 관점에서 계속 곱씹고 있다. 다큐멘터리 〈도미니언〉을 보았기 때문이다. 도미니언은 공장식 축산 시스템 속에서 소와 돼지, 닭, 오리들이 어떻게 사육되고 도살되는지 보여주는 다큐다. 끝까지 보기 힘들 만큼 잔혹한 장면들이 펼쳐지는데, 가장 충격적인 것은 낙농장의 젖소에 관한 것이었다.

　젖소 역시 출산을 해야 젖이 나온다. 9개월 동안 품었던 새끼를 낳은 그날 인간들은 어미로부터 새끼를 빼앗았다. 그래야 우유를 얻을 수 있기 때문이다. 새끼를 싣고 떠나는 트럭을 어미 소가 쫓아가는 장면을 보며 나는 입술을 꽉 깨물었다. 끊어질 듯 우는 그들에게 정성껏 소죽을 끓여주는 인간은 없었다. 대신 그들을 조롱하고 얼굴을 후려쳐 거대한 원형 컨베이어벨트 위에 태운 뒤 재빨리 우유를 짜내는 인간들만 있을 뿐이었다. 불은 젖에 착유기를 주렁주렁 매단 젖소 수십 마리가 마치 놀이공원의 회전목마처럼 천천히 돌아가는 모습은 끔찍하게 기괴했다. 그것이 새끼 잃은 짐승에게, 더 정확히 말하면 인간에 의해 임신을 하고 인간에 의해 새끼를 빼앗긴 짐승에게, 인간이 하는 일이었다. 한편 우유를 생산하는 낙농장에서 수송아지는 쓸모가 없기 때문에 태어난 지 5일 만에 도축되었다. 컨베이어벨트 위에 내동댕이쳐진 그들이 차례차례 머리에 총을 맞고 버둥거리는 모습 앞에선 내가 인간이라는 사실이 싫어서 몹시 괴로웠다.

　다큐에서 본 충격적인 장면들을 요약해보려다 그만두었다. 그래 봤자 결국 '도축'이기 때문이다. 돼지가 도축되어 우리의 밥상 위에 올랐다는 사실을 모르는 사람은 없다. 하지만 도축의 의미를 제대로 아는 사람도 거의 없다. 《고기로 태어나서》를 쓴 작가 한승태는 우연히 축산 농가에 취업했다가 그 실상에 놀라 보름 만에 도망쳐 나오며 이렇게 썼다.

"내가 축사 안에서 본 것들 가운데 모르던 것은 하나도 없었다. 닭장이 있었고 닭이 있었고 똥이 있었고 알이 있었다. 하지만 축사 속에 내가 예상한 건 아무것도 없었다."

나는 그 말이 무슨 뜻인지 잘 알 것 같았다. 평범한 대학생이던 내가 우연히 노들장애인야학 교사가 되었을 때의 마음도 그랬다. 내가 야학에서 본 것들 가운데 모르던 것은 없었다. 장애인들은 듣던 대로 차별받았고 멸시당했다. 하지만 내가 예상한 건 아무것도 없었다. 어떤 이는 20년 동안 한 번도 집 바깥을 나가지 못했다고 했고, 어떤 이는 언니의 결혼식에도 부모의 환갑잔치에도 초대받지 못했다고 했다. 장애인의 삶은 충격적이었지만 그 충격은 장애인의 열악한 삶 그 자체 때문만은 아니었다. 그들이 그것을 온통 '문제'라고 말했던 것에서 나는 더 큰 충격을 받았다.

내가 자라온 세상에선 누구도 그것을 '문제'라고 말하지 않았다. 어떤 문제를 '문제'라고 부를 수 있는 사람은 그 현실을 바꾸거나 최소한 직면할 용기가 있는 사람이다. 세상의 끝인 줄 알았던 거기가 최전선이었다. 나는 그런 이들의 저항이 세상의 지평을 넓혀왔다고 믿는다. 〈도미니언〉을 보면 인간의 끝을 보는 것 같다. 인간은 어디까지 악해질 수 있을까, 깊은 무력감에 빠진다. 하지만 이 시스템에 반기를 든 사람들이 쇠사슬을 목에 건 채 도축을 중단하고 동물을 해방하라고 외치며 경찰에 체포되는 모습을 보았을 때 나는 질문을 바꾸게 되었다. 인간은 어디까지 공감할 수 있고 어디까지 변할 수 있을까. 삼시 세끼 고기나 달걀, 우유를 먹지 않으려 애쓰다 보면 내가 숨 쉬는 모든 자리가 최전선처럼 느껴진다.

〈도미니언〉은 유튜브에서 볼 수 있습니다.

많이들 봐주시면 좋겠습니다(꾸벅). (2020. 1. 20)

도살장 앞에서

'서울애니멀세이브(Seoul Animal Save)'에서 개최하는 '비질'에 참여했다. 비질은 도살장을 찾아 공장식 축산이 가린 폭력을 직면하고 기록하는 활동이다. 도살장까지 가는 데는 서울 집에서 세 시간이 걸렸다. 도살장은 아무 멋도 부리지 않은 커다란 공장이었고, 입구엔 집채만 한 트럭들이 장사진을 치고 있었다. 돼지를 보기도 전에 난생처음 맡아보는 악취가 코를 찔러 나도 모르게 눈을 질끈 감았다. 트럭 속엔 똥과 오줌, 토사물을 온몸에 시커멓게 뒤집어쓴 돼지 수십 마리가 옴짝달싹도 할 수 없도록 빽빽하게 뒤엉켜 있었다. 그들은 태어난 지 6개월 된 새끼들이었고, 도살되기 1시간 전이었다.

돼지를 마주하세요, 라고 진행자가 말했을 때 나는 당황했다. 그건 어떻게 하는 걸까. 주변 사람들을 곁눈질했다. 어떤 여성은 철창살을 물어뜯는 돼지 앞에서 고개를 숙인 채 흐느끼고 있었고, 어떤 남성은 트럭을 돌며 돼지에게 물을 주고 있었다. 그 모습을 대기 중인 트럭 기사가 별 희한한 걸 다 본다는 듯 내려다보고 있었다. 가방 속엔 돼지에게 주려고 삶아 온 감자가 있었지만 나는 어쩐지 그것을 꺼낼 엄두가 나지 않았다. 삶은 감자가 트럭 기사의 생계와 노동을 비난하는 것처럼 보일까 두려웠다. 도살장은 이상한 곳이었다. 목마른 돼지에게 물을 주는 일도, 아무 죄 없이 곧 교수형에 처해질 생명을 위해 울어주는 일도, 그것이 도살장 앞이라면 어딘가 조금 우스꽝스럽게 느껴지는 것이다.

나는 한 마리의 돼지와 계속 눈이 마주쳤다. 다른 아이들이 추위와 공포에 떠느라 잔뜩 움츠리고 있을 때 녀석만은 계속 몸을 움직이며 철창 바깥의 인간들에게 관심을 보였다. 나는 용기를 내 감자를 꺼내 녀석의 입에 넣어주었다. 깔끔한 도살을 위해 돼지들은 전날부터 아무것도 먹지 못한 채였다. 그의 눈이 붉었다. 아픈 것인지, 우는 것인지, 둘 다인 것인지. 나는 그러는 동안에도 혹시 그에게서 나쁜 균이라도 옮을까 걱정되었고, 녀석의 침이 내 손에 닿지 않게 하려고 손가락 마디마디에 잔뜩 힘을 주었다. 나의 깨끗한 손이 몹시 위선적으로 느껴졌다. 돼지가 세 번째 감자를 받아먹고 있을 때 트럭에 시동이 걸렸다. 엎드려 있던 돼지들이 동요하며 일제히 머리를 들자, 수십 개의 커다란 귀들이 다홍빛으로 출렁거렸다. 그들이 나를 바라보았다.

"우리는 소, 돼지가 아니다. 장애인도 인간이다."

그것은 우리의 오랜 슬로건이었다. 짐승이란 권리 없는

존재였고, 인권은 항상 그들을 딛고 올라서는 것이었다. 그들에 대해 잘 안다고 생각했는데 도살장 앞에 섰을 때에야 깨달았다. 그날, 살아 있는 돼지를 처음 보았다. 태어나자마자 어미와 분리되었고 마취 없이 성기를 잡아 뜯기고 꼬리가 잘린 돼지를. 똥오줌으로 가득 찬 좁은 축사에서 쓰레기 같은 음식과 다량의 항생제를 먹으며 오직 살이 찌는 기계로 6개월을 산 돼지를. 온몸이 피부병과 상처인 배고픈 어린 돼지가 감자 세 알을 다 먹지도 못한 채 도살장으로 들어가는 것을 나는 바라보았다. 그는 곧 컨베이어벨트 위에 올려질 것이고 머리에 전기 총을 맞을 것이다. 운이 나쁘면 목을 베인 뒤 거꾸로 매달려 피를 철철 쏟아낼 때까지 숨이 붙어 있을 것이고 그대로 끓는 물에 들어갈 것이다. 그에게 세상은 한치의 과장도 없는 지옥이고 아우슈비츠였다. 나는 멀미가 날 것 같았다.

지난주 밸런타인데이를 맞이해 동물권 활동가들이 '피로 물든 젖꼭지' 시위를 벌였다. 20대 여성들이 주축이 된 시위대가 상의를 벗자 젖꼭지에 붉은 피 분장을 한 맨몸의 가슴이 드러났다. 초콜릿 등의 유제품을 위해 끊임없는 임신과 출산을 반복하며 새끼를 빼앗기고 젖을 착취당하는 소들이 있음을 폭로하는 행동이었다. 젖소들의 고통에 연대하기 위해 한겨울의 광화문에서 젖가슴을 드러낸 여성들을 보며 나는 입을 다물지 못했다. 도살장 앞에서 흐느껴 울던 여성이 전사처럼 당당하게 서 있었고, 그들 옆엔 '동물 해방'이라고 쓰인 깃발이 나부꼈다. 맹렬히 비폭력적이고 맹렬히 과격한 그들의 시위가 너무 멋있어서 나는 가슴이 아플 지경이었다.

"인간도 동물이다. 우리는 동물을 위한 사회적·정치적 변화를 한 세대 안에 이룰 것이다."

이것이 그들의 슬로건이었다. 모르는 단어가 하나도 없는데 이토록 낯설고 아름답고 혁명적인 조합은 처음 보았다. 새로운 세상을 품은 그들이 온다. 가슴이 뛴다.

(2020. 2. 17)

병원이라는 이름의 수용소

멀쩡한 생명을 가두고 때때로 전시한다는 점에서 장애인 시설은 영락없는 동물원이다. 3년 전 정신장애인 요양시설의 인권 실태를 조사하는 일에 참여했었다. (꽃동네 같은) 신체장애인 시설이 아닌 (청도대남병원 같은) 정신장애인 시설은 그때 처음 가보았다. 그곳에서 김진숙을 만났다. 머리가 희끗희끗한 50대 중반의 여성이었다. 면담은 일곱 명이 같이 지내는 그의 방에서 했다. 그가 직원들의 눈치를 보지 않도록 나는 방문을 닫아주었다. 창문이 뚫린 그 문의 잠금장치는 방 안이 아니라 방 바깥에 달려 있었다. 그러니까 나는 동물원의 철창 안으로 들어간 셈이었다.

서류엔 조현병이라고 쓰여 있었지만 그는 우울증이라고 말했다. 2001년 입소해 16년 동안 그곳에서 살았다.

"제가 잠을 자지 않았나 봐요. 차 타고 와보니까 여기였어요. 엄마가 돌아가신 것도 여기서 들었어요. 두 달 동안 이불을 뒤집어쓰고 울었어요."

느리고 또박또박한 말투가 일곱 살 아이처럼 무구했으므로 가슴이 저릿했다. 그가 구사하는 문장의 주어 자리엔 그가 없었다. 내가 외출할 수 있나요, 하고 묻자 그는 네, 집에서 연락이 오면요, 했다. 먹고 싶은 걸 먹을 수 있나요, 하고 물었을 때도 그는 네, 라고 대답했다. 단호박샐러드를 좋아한다기에, 그럼 그걸 먹고 싶을 때 먹을 수 있나요, 하고 묻자, 그가 조그맣게 웃으며 그럴 순 없죠, 했다.

그런 식의 질문과 그런 식의 대답이 반복되자 나는 내가 너무 바보 같은 질문을 하고 있다는 생각이 들었다. 철창 안에선 그가 나보다 훨씬 상식적이었다. 그곳은 중력이 다른 행성 같아서 철창 바깥의 규칙이나 가치, 이를테면 인권 같은 것은 우습거나 위험하게 느껴졌다. 그 보이지 않는 힘에 지지 않기 위해 나는 힘껏 외치듯 말했다.

"김진숙 씨는 퇴원 심사를 청구할 수 있습니다."

그가 읊조리듯 말했다.

"퇴원하면 좋겠죠."

그는 마치 남의 이야길 하듯 무심했고 나는 몹시 무안했다. 그가 나의 손을 덥석 잡으며 제발 나를 꺼내주세요, 하면 어쩌나 긴장했는데 기우였다. 그는 이렇게 말했다.

"여기 좋아요. 내가 다녀본 병원 중에 제일 좋아요."

그 방 안에 고인 이상한 평화가 무덤 속의 것처럼 기괴하게 느껴졌다.

평화가 깨진 것은 내가 뭐가 제일 힘드냐고 물었을 때였다. 그가 동생들이 찾아오지 않아요, 하기에 별 뜻 없이 되물었다.

"동생들 보고 싶으세요?"

그러자 김진숙이 말없이 나를 뚫어지게 쳐다보았다. 그 눈빛이 점점 매서워지더니 한순간 눈물이 차올랐다. 슬픈 분노 같은 것이 서려 있던 그 눈빛을 아직도 잊을 수가 없다. 그가 나에게 물었다.

"선생님이라면 안 보고 싶겠어요?"

나는 사랑도 그리움도 모를 것 같으냐고 원망하는 얼굴이었다. 상처받은 얼굴로 그가 조금 지친 듯이 말했다.

"나가고 싶다고 계속 말했어요. 그런데 여기서 오래 살아야 한대요. 아버지는 늙었고 동생들하고는 같이 살 수 없대요."

꼭 듣고 싶은 말이었는데 막상 듣고 나니 울고 싶어졌다.

정신장애인 시설은 동물원이 아니라 교도소에 더 가깝다는 것을 그때 알았다. 그들의 장애는 눈에 보이지 않아서 전시에 적합하지 않고, 전시될 필요가 없었기 때문에 철저히 가려져 있었다. '아버지는 늙었고 동생들과는 함께 살 수 없기 때문에' 그는 연쇄살인범이라도 되는 것처럼 무기징역형에 처해졌다. 아주 높은 확률로 그는 거기서 생을 마감할 것이다. 그것을 자연사라고 말할 수 있을까. 그를 보고 온 날, 나야말로 서서히 진행되고 있는 명백한 연쇄살인을 방조하는 죄인처럼 끔찍한 기분이 되었다.

코로나19 집단감염으로 인해 청도대남병원 폐쇄병동의 문이 열렸다. 첫 사망자는 20년 넘게 그곳에서 지낸 60대의 남자였고 사망 당시 그의 몸무게는 고작 42킬로그램이었다. 병원의 가장 중요한 기능은 그들을 가두는 것이었고, 갇힌 사람들의 몸을 숙주 삼아 돈이라는 바이러스가 국가에서 병원으로 이동했다. 다른 병원으로 옮겨져 치료를 받았던 대남병원 확진자들이 완치되었다는 소식이 들려온다. 반가워야 하는데 별로 그렇지 않다. 그들이 돌아갈 일상이 극악한 재난 현장이기 때문이다. 코로나19의 장기화 전망보다 두려운 것은 그들의 소식이 뉴스에서 점점 사라지는 것이다. 장애인들이 시설이나 병원이 아닌 지역사회에서 살아갈 수 있는 시스템을 시급히 마련해야 한다. 돌아가신 분들의 명복을 빈다. (2020. 3. 16)

'사육곰'에 대한 글을 써달라는 제안을 받았다. 세상에, 곰이라니. 곰이라면 피로회복제 광고에 나와 "피로야, 가라" 하고 외치던 그 곰밖에 몰랐다. 하지만 거절할 수 없었다. 이게 다 고양이 때문이다.

지난해 6월 고양이 카라와 함께 살게 되었다. 카라는 공격적인 고양이였다. 날렵한 몸으로 펄쩍 뛰어올라 내 팔과 다리를 물면 믿을 수 없이 아프고 무서웠다. 하루에도 몇 번씩 카라를 몰래 유기하는 내 모습을 상상했고, 그것만은 피하고 싶어서 절박한 심정으로 '무는 고양이 교육법'을 찾아다녔다. 가장 믿을 만한 방법은 '타임아웃'이었다. 고양이가 물면 즉시 자리를 뜨고 고양이와 분리된 공간에서 일정 시간을 보내는 것이었다. '물리는 즉시'가 무엇보다 중요했기 때문에 핸드폰을 챙길 정신도 없이 방으로 후다닥 뛰어갔다.

핸드폰 없이는 단 10분도 버티기 어려웠으므로 그 방엔 고양이에 관한 책을 늘 준비해두고 읽었다. 하루에도 몇 번씩 그 방에 갇혀서 고양이의 언어를, 그러니까 그들이 기분 좋을 때, 싫을 때, 고통스러울 때 보이는 몸짓과 소리, 통증의 신호들을 공부했다. 그러니 그 방을 나올 때 조금씩 변한 것은 카라가 아니라 나였던 것이다.《고기로 태어나서》,《아무튼 비건》같은 책도 그 방에서 읽었다. 내가 먹는 돼지와 내가 먹이는 고양이가 결코 다를 리 없다는 걸 머리로 연결했던 날, 나는 동물을 먹지 않고 살아보기로 다짐했다.

당연히 고기가 계속 먹고 싶었기 때문에 욕망을 누르기 위해 동물권에 대한 영상을 찾아보기 시작했다. 그리고 그들이 처한 끔찍한 현실에 멱살을 잡혀 끌려갔다. 한 제약회사 실험실에 갇힌 원숭이의 얼굴을 보았던 날은 너무나 울고 싶었다. 쇠로 된 형틀에 목과 팔다리를 꽁꽁 묶인 작은 원숭이들이 일렬로 매달린 채 주욱 도열해 있었다. 작은 원숭이는 원숭이를 닮았던 세 살 때의 나의 조카와 너무 닮아서, 나는 어쩔 수 없이 아기였던 내 조카의 얼굴을 떠올렸다. 공포에 질린 아기의 입속으로 방호복을 입은 남자들이 긴 호스를 욱여넣어 독성물질을 투입했고 그들은 피를 토하며 축 늘어졌다. 내가 인간이라는 사실이 혐오스러워서 토할 것 같았다.

고양이는 인간에 대한 보은으로 자신이 사냥한 새나 쥐를 데려다 놓곤 한다는데, 나의 고양이는 매일 내 앞에 동물원에 갇힌 오랑우탄, 수족관에 갇힌 범고래, 위 안에 플라스틱이 가득 찬 앨버트로스 같은 존재들을 데려와 나를 식겁하게 했다. 그러니 곰에 대한 청탁을 받았을 때 '아, 이번엔 곰이구나' 했던 것이다. 심호흡을 하고는 사육곰에 대한 영상을 열었고, 즉시 슬퍼지고 말았다. 쇠창살 사이로 곰과 눈이 마주쳤기 때문이었다. 강원도의 한 사육곰 농가였고 27마리가 갇혀 있었다. 21세기의 지옥도는 그렇게 그려져야 할 것이다. 땅으로부터 1미터 위에 지어진 '뜬장', 절대로 부술 수 없는 쇠로 된 방, 그리고 그것들의 끝없는 도열. 그 안에서 가슴에 반달을 가진 곰들이 격투기 하듯 철창을 들이받으며 울부짖고 있었다.

제페토의 시가 생각났다. 중국의 한 사육곰 농가에서 살아 있는 곰의 쓸개에 호스를 꽂아 수시로 쓸개즙을 뽑아냈다. 어느 날 쓸개즙을 채취당하던 새끼 곰의 절규에 더 이상 견디지 못한 어미 곰이 상상을 초월하는 힘을 발휘해 철창을 부수고 탈출했다. 어미 곰은 새끼 곰의 사슬을 끊으려 했지만 실패하자 새끼 곰을 끌어안아 질식시킨 후 스스로 벽에 돌진해 머리를 부딪쳐 죽었다. 이 소식을 전한 온라인 뉴스 댓글 창에 제페토는 이런 시를 남겼다.

"너의 가슴팍에/ 반달을 물려준 것이/ 이 어미의 죄다/ 숲에서 포획된 내 아버지 방심이 죄다/ 죽기 전 아버지는/ 산딸기를 그리워했다/ 농익은 다래를 그리워했다/ 이제

그만 고통을 끝낼 시간/ 아, 깊은 산 고목 틈에 출렁일/ 아까시 꿀"(〈반달〉)

카라는 선물처럼 찾아와 나에게 새로운 세계를 보여주었고 나는 그에 대한 보은으로 탈육식을 선택했다. 죽인 동물을 먹지 않겠다는 선택은 죽어 있던 어떤 감각을 거짓말처럼 살아나게 했는데, 이를테면 이런 것이다. 곰의 쓸개는 인간의 권리가 아니다. 그것은 곰의 권리다. 곰에겐 땅을 밟으며 아까시 꿀을 취할 권리가 있고, 인간은 인간이 동물들에게 자행해온 21세기의 이 잔혹한 착취를 끝낼 의무가 있다. 마음이 아프다. 이제 그만 고통을 끝낼 시간이다. (2020. 4. 13)

꽃님 씨의 복수

갇힌 존재들에 대해 생각할 때면 언제나 꽃님 씨가 떠오른다. 꽃님 씨는 서른여덟에 장애인시설에 들어갔다 3년 만에 그곳을 벗어났다. 그 후 10년간 악착같이 모은 돈 2천만 원을 탈시설 운동에 써달라며 기부했다. 2016년의 일이다. 나는 그 이야기를 이 지면에도 쓴 적(「혹독하게 자유로운」)이 있는데, 이것은 그 뒷이야기쯤 된다.

그해 2월 꽃님 씨가 나를 집으로 초대했다. 그는 노들야학 학생이었고 나는 교사였다. 그날 그가 갑자기 발표했다. 2천만 원을 모았고 노들야학에 기부하겠다는 것이었다. 감동적이었냐 하면 꼭 그렇지만은 않았다. 나는 먹던 밥이 얹힐 지경으로 당황했고 표정 관리를 하느라 애를 먹었다. 어떤 권력관계가 뒤집히는 순간이랄까. 말하자면 '소외된 이웃'이 거액 후원자로 변신한 순간이었다. 나는 그동안 그에게 상처 준 말이나 행동을 떠올리느라 머릿속이 하얘졌다. 너무 많아서 잘 떠오르지 않았지만 어쨌든 큰 잘못을 저지른 게 분명하다고 생각했다. 하고많은 교사 중에 굳이 나를 부른 건 나에게 복수하기 위해서일 거라고 말이다. 이것은 이미 5년 전에 예고된 일이었지만 나는 까맣게 잊고 있었다.

그로부터 5년 전 어느 날, 꽃님 씨에게 이런 이야길 들었다.

"학교에 다닌 적 없어. 취학통지서도 못 받았어. 주민등록이 안 되어 있었거든. 나는 이름도 없었어. 가족들은 나를 그냥 갓난아, 하고 불렀지. 스무 살에 처음 주민등록을 했는데 그때 내가 내 이름을 지은 거야."

나는 잠시 할 말을 잃었다. 이름은 세상으로부터 받는 첫 선물인데 그는 그것을 받지 못했다. 그래서 스스로 선물을 준 것이었다. 이상하게 전설 같고 어딘가 멋있는 이야기였다. 더 놀라운 이야기가 이어졌다.

"돈을 모으고 있어. 시설 나온 지 10년 되는 날까지 2천만 원을 모으는 게 목표야. 그걸 야학에 줄게. 시설에 있는 사람들 한 사람이라도 더 데리고 나와."

꽃님 씨는 야학 제일의 자린고비였다. 가게에 걸린 옷 하나를 마음에 두고 며칠을 끙끙 앓던 그에게 그렇게 궁상스럽게 살지 말라며 면박을 주었던 게 생각나 얼굴이 화끈거렸다. 속마음을 들키지 않으려고 나는 일부러 더 크게 웃으며 말했다.

"됐어, 언니 옷이나 사 입어요."

하지만 그가 정색하며 이렇게 말했기 때문에 나는 곧바로 웃음을 거두었다.

"이거 비밀이야. 다른 사람들한테 말하면 너하고 나하고 끝이야. 너한테 말하는 이유는 내 마음이 흔들릴까봐서야. 이렇게 말해두면 흔들릴 때마다 도움이 되겠지."

어느덧 5년이 흘러 무수히 흔들렸을 그가 굳건한 산처럼 우뚝 서 있었다. 꽃님 씨가 말했다.

"그 돈, 지금 이 방에 숨겨져 있어. 내가 매달 수급비 50만 원에서 20만 원씩을 빼서 현금으로 모았거든."

나는 거의 반사적으로 소리를 질렀다.

"조선시대야? 왜 돈을 집에다 보관해요!"

꽃님 씨가 항변했다.

"통장에 넣으면 재산으로 잡혀서 수급권 탈락해."

나는 또 말문이 막혔다. 그에게는 이상한 일들이 참 많이 일어났다. 그는 손가락 하나 까딱하기 어려운 중증 장애인이었고 누워서 생활했다. 활동지원사 없이 혼자 남겨진 밤이면 옆집에서 다투는 소리만 들려도 저러다 불이라도 지를까 걱정돼 잠을 잘 수 없다고 했다. 나는 꽃님 씨가 지나치게 예민하다고 생각했었다. 그랬던 내가 현금 2천만 원 이야기를 듣자마자 이렇게 외친 것이다.

"불이 나면 어쩌려고요! 도둑이 들면 어쩌려고요!"

그제야 그가 살아낸 10년이 얼마나 위대하고 위태로운

것인지, 그가 모은 2천만 원이 얼마나 치열한 것이었는지 어렴풋이 알 것 같았다.

나는 2천만 원을 받아 가장 가까운 은행으로 걸어갔다. 스쳐 가는 모든 사람이 강도처럼 느껴져 가슴 속 돈봉투에서 손을 뗄 수가 없었다. 나는 한번이라도 꽃님 씨를 이 돈뭉치처럼 귀하게 여긴 적이 있었던가, 하는 생각이 들자 눈물 나게 부끄러워서, 이것은 꽃님 씨의 복수가 분명하다고 다시 한번 생각했다. 그 복수가 너무 아름다워서 자꾸만 목이 메었다. 그는 이렇게 말했다.

"너희들은 거리에서 싸웠잖아. 그 싸움 덕분에 내가 살 수 있었는데 집에 누워 있는 게 항상 미안했어. 나는 내가 할 수 있는 방법으로 싸운 거다."

어떤 사람은 당연히 받는 선물을 어떤 사람은 평생 싸워서 얻는다. 자기 자신에게 권리를 선물한다는 일, 그것이 얼마나 아름다운 일인지 나는 꽃님 씨에게서 배웠다.

(2020. 5. 11)

차별이 저항이 되기까지

2001년 8월 23일 저녁 나는 노들장애인야학의 문을 두드렸다. 임용시험을 준비하던 때였고, 경쟁으로 인해 매우 황폐해진 상태였다. 장애인의 '장' 자도 몰랐지만 왠지 거기에 가면 좋은 사람들이 있을 것 같았다. 스무 살 남짓한 남자 교사가 나를 맞이했다. 야학에 대한 설명을 마친 그는 며칠 뒤에 집회가 있으니 나오라고 했다. 예상치 못한 전개에 당황했지만 짐짓 태연한 척 물었다.

"구호가 뭔가요?"

"버스를 타자 입니다."

나는 풉, 하고 웃었다. 뭔가에 대한 패러디라고 생각한 것이다. 그가 전혀 웃지 않았기 때문에 나는 뭔가 잘못됐다는 걸 알아챘다. 자세를 고쳐 앉아 물었다.

"버스를 왜 타죠?"

"장애인은 탈 수 없으니까요."

나는 눈알을 굴리며 말했다.

"그럼… 지하철 타면 되잖아요."

그는 가르쳐야 할 게 아주 많은 사람이 들어왔다는 표정으로 나를 보았다.

세상에서 가장 이상한 구호를 들은 날이었다. 허공에 붕 뜬 기분으로 집에 돌아왔다. 누군가는 탈 수 없다는 그 버스를 타고서였다. 집회엔 가지 않았다. 그보다는 이 이상한 학교에 계속 갈지 말지 결정해야 했다. 며칠 후 그날의 집회를 영상으로 보았다. 서울 광화문 세종문화회관 앞에서 백 명도 넘는 장애인과 비장애인이 쇠사슬로 서로의 몸과 휠체어를 묶어 8-1번 버스를 에워싸고 있었다.

"장애인도 인간이다, 이동권을 보장하라!"

그들이 바깥에서 외치는 동안 버스 안에서는 휠체어를 탄 한 남자가 자신의 손목과 버스의 운전대에 수갑을 채우고선 버스가 움직일 수 없도록 막고 있었다. 기어이 버스를 함께 타겠다는 장애인과 비장애인들을 수백 명의 비장애인 경찰들이 체포하기 시작했다.

충격적이었고 몹시 가슴이 뛰었다. 그 순간 내가 장애인에 대해 가졌던 어떤 관념들이 와장창 깨지는 것을 느꼈다. 며칠 후 야학에 갔다가 영상 속에서 수갑을 차고 시위하던 그 장애인을 만났다.

"노들야학 교장 박경석입니다."

그의 두툼한 손이 내 손을 잡던 순간, 내 안에서 또 뭔가가 무너졌다. 휠체어를 탄 교장이라니, 불법 시위를 주도하는 교장이라니. 세계에 대한 이해가 급격히 바뀌는 나날이었다. 나는 바다를 한 번도 못 봤다는 사람, 언니의 결혼식에 초대받지 못했다는 사람들에게 둘러싸여 신입 교사 교육을 받았다. 그때 내 손엔 장애인의 이동권 실태를 알려주는 자료집이 들려 있었지만, 정말로 나를 가르친 건 8할이 우리가 동그랗게 둘러앉은 그 관계였음을 나중에야 알았다. 그해 겨울 임용시험이 있던 날, 시험장이 아니라 야학으로 갔다. 나는 그렇게 아무도 이기지 않은 채로 교사가 되었다.

내가 충격을 받았던 건 장애인의 열악한 현실 그 자체가 아니라 그것을 '문제'라고 말하는 사람들의 존재 때문이었다. 그들 옆에 서자 세계가 온통 문제투성이로 보여서 나는 정말로 충격받았다. 내가 타고 온 버스도, 지하철도, 내가 다닌 학교도 모두 문제였다. 나는 마치 중력이 다른 행성으로 이동한 것 같았다. 말하자면 그건 경쟁하는 세계에서 연대하는 세계로, 적응하는 세계에서 저항하는 세계로, 냉소나 냉담보다는 희망을 더 정상적인 것으로 보는 공동체로 이동하는 것이었다. 그곳에서 좋은 사람들을 많이 만났는데, 그중에 가장 좋은 사람을 꼽으라면 바로 나 자신일 것이다. 중력이 다른 세계에선 다른 근육과 다른 감각을 쓰면서 살게 되기 때문이다. 노들은 나에게 가르쳐주었다. '다르게' 관계 맺을 수 있다면 우리는 다시 태어날 수도 있다는 사실을.

사람들은 말했다. 차별이 사라져서 노들이 더 이상 필요 없는 세상이 되었으면 좋겠다고. 나는 그 말에 힘껏 저항하고 싶었다. 노들과 같은 공동체가 사라지는 것이 좋은 사회라고 말할 때, 노들은 그저 차별받은 사람들의 집단이다. 그러나 "장애인도 버스를 타자!" 같은 구호는 수십 년간 집 안에 갇혀 살아온 사람이 외칠 수 있는 말이 아니다. 그들에게 버스란 그저 해가 뜨고 달이 지는 풍경의 일부일 뿐 자신이 탈 수 있는 어떤 것이 아니다. 그것은 저항하는 인간들이 '발명'해낸 말이다. 그 저항이란 해와 달의 질서에 맞서는 일처럼 아득한 것이지만 그 어려운 일을 기어이 하는 사람들이 있다. 세상의 마지막에 누군가 살아남아야 한다면 바로 그들이 아닌가. 싸우는 사람들이 사라졌다는 건 좋은 사회의 증거가 아니라 그 사회의 수명이 다했다는 징조인 것이다. (2020. 6. 8)

영수(가명)의 확진을 알리는 문자는 아주 간단했다. "확진되었습니다. 자가격리하면서 기다리세요." 대구의 장애인권활동가 민제는 그 소식을 듣자마자 속으로 '망했다!' 하고 외쳤다. 영수는 3년 전 장애인시설에서 나온 발달장애인이었고 자가격리가 불가능한 사람이었다. 2월 28일 밤 10시였다. 대구에서 기하급수적으로 확진자가 늘던 때였고 청도대남병원에서 하루에 한 명씩 정신장애인들의 사망 소식이 들려오던 때였다. 어렵게 연결된 담당자에게 영수의 상황을 알리고 한시라도 빨리 입원해야 한다고 말하자 담당자는 병상이 없다며 대답했다. "지금 대기 중인 사람만 600명입니다. 장애인이 문제가 아니라고요." 해일이 밀려오는데 조개를 주우라는 것이냐, 반문하는 듯한 그 태도에 민제의 분노가 솟구쳤다.

당장 새벽이 오면 영수의 집으로 가서 당신이 지금 어떤 병에 걸렸고 앞으로 어떤 일이 있을지에 대해 설명해야 했다. 의사소통이 원활하지 않은 그에게 되도록 비장하고 엄중하게 이 상황을 전하되, 방법을 찾겠다고, 당신을 절대 혼자 두지 않겠다고 약속하며 그를 안심시켜야 했다. 뭐라도 먹게 해야 했다. 그리고 영수와 함께 사는 또 다른 발달장애인을 영수로부터 분리해야 했으므로, 그가 당분간 지낼 공간을 확보해 방역도 해야 했다. 무엇보다 두 발달장애인과 '함께 격리'되어 이들의 생활을 지원할 활동가를 정해야 했다. 높은 확률의 감염 위험을 무릅써야 하는 일이었다. 대책이 없었으므로 감행하는 수밖에 없었다.

밤 11시에 모인 활동가들이 한바탕 전쟁을 끝냈을 때는 새벽 6시였다. 병상은 언제 나올까. 그를 지원하는 활동가가 감염되면 어떻게 책임져야 할까. 머릿속으로 수도 없이 상상했던 일이었지만 막상 닥치니 마음이 너무나 괴롭고 힘들었다. 해일이 덮쳤는데 장애인의 피해는 조개처럼 가볍게 취급되었다. 구명조끼마저 비장애인들이 먼저 차지했다. 도망조차 갈 수 없었던 사람들이 청도대남병원에서 속수무책으로 스러졌지만 사람들은 그저 '장애인이니까 죽었다'고 했다. 기다릴 수 없었다. 민제는 자신의 에스엔에스(SNS)에 이것이 장애인에게도 재난임을, 장애인의 목숨도 소중함을 알렸다. 구조를 요청했고 대책을 촉구했다.

코로나19라는 새로운 재난을 나는 그가 전한 소식을 통해 배웠다. 대구의 활동가들은 발달장애인이 살고 있는 집으로 매일매일 출근해 하루를 함께 보냈다. 손을 씻도록, 마스크를 쓰도록, 외출을 자제하도록, 답답함을 풀 수 있도록, 삼시 세끼를 잘 챙겨 먹도록 도왔다. 코로나 시대에 역행하는 이 엄청난 밀접접촉은 3개월이나 지속되었다. 그들은 서로에 대한 강력한 연결망을 구축함과 동시에 재난 시 사회적 돌봄 시스템을 마련하라고 이 사회를 향해 촉구했다. 뉴스에선 그들을 '의인'이라 칭송했지만, 그들이 한 가장 의로운 일은 재난 현장에 뛰어든 것 그 자체가 아니라 새로운 재난을 탄생시킨 일이라고 나는 생각한다. 코로나가 아니라 코호트가, 바이러스가 아니라 대책 없는 거리두기가 누군가에겐 더 큰 재난임을 알린 것 말이다.

한바탕 해일이 쓸고 간 자리엔 아무도 사라지지 않고 모두가 무사했다. 나는 영수를 지원했던 활동가 수진에게 그때의 이야기를 해달라고 했다. 그는 말을 제대로 잇지 못하고 울먹였다. "우리니까 당연히 해야 한다고 생각했어요"라고 말할 때도 울먹였고, "우리가 잘못해서 감염된 게 아닐까, 우리가 늦게 알아채서 병을 키운 게 아닐까" 할 때도 울먹였다. "우리가 아픈 그를 돌봐야 하는데 나는 총괄자니까 네가 해주면 좋겠다고 동료에게 말했다"고 할 때도 울었고, "모든 게 잘 해결되었는데도 왜 아직도 자꾸 눈물이 나는지 모르겠다"고 할 때도 울었다. 나는 세월호 생존자의 이야기가 떠올랐다. 배가 침몰할 때 서로의 손을 잡고 끌어당기고 버티느라 팔뚝의 핏줄이 다 터져버린 걸 한참 뒤에 알았는데, 그걸 보고서는 뭔가 서러움이 복받쳐서 계속 울었다는 이야기였다. 수진에게 터진 것은 팔뚝의 핏줄이 아니라 마음의 핏줄, 눈물샘 같았다.

재난 상황에서 인권단체의 활동은 더욱 절실히 요구된다. 정부의 지원이 미치지 않는 사각지대에서 그 공백을 메우고 이 사회가 잘 듣지 않는 소수자들의 목소리를 먼저 듣고 외친다. 그러나 그들에게도 이 재난은 위기다. 후원금이 줄어 임차료와 인건비를 걱정해야 하는 곳도 많다. 어려움을 겪고 있는 인권단체와 활동가들을 위해 '인권재단사람'이 긴급모금 '인권온' 캠페인을 하고 있다. 곁의 곁이 절실히 필요하다.(www.onhumanrights.or.kr) (2020. 7.19)

어느 날 집으로 가는 길에 감자를 한 봉지 샀다. 다음날 '비질'에 가야 했기 때문이다. 비질은 서울애니멀세이브가 주최하는 행사인데 도살장 앞에서 소와 돼지들에게 물과 음식을 주는 것이다. 감자를 삶아 통에 담으니 제법 다정한 도시락처럼 보였다. 그러다 이것을 먹을 어린 돼지들의 운명을 생각하자 이내 가슴이 폭 내려앉았다. 나의 글쓰기 선생님은 "말로는 설명할 수 없다" 같은 표현을 쓰지 말라고 당부했다. 글쓰기란 '굳이 말로 설명하는 일'이기 때문이다. 동물권의 세계에 눈을 뜬 뒤 나는 번번이 글쓰기에 실패한다. 도저히 기존의 언어로는 내가 보고 듣고 느낀 것을 설명할 수가 없다고 느끼는 것이다.

　도살장엔 지난겨울 이후 두 번째로 온 것이었다. 처음에 왔을 땐 슬프지 않았다. 곧 살해될 수많은 동물을 보면서도 슬프지 않고 다만 불편했다. 잘 모르는 사람의 장례식에 온 기분 같았다. 그러나 어쩐 일인지 두 번째 방문에선 돼지들과 눈이 마주치자마자 목구멍에서 울음이 울컥 올라왔다. 눈이 뒤집힌 돼지가 그 눈으로 나를 쳐다보았고 살아 있는 돼지들이 죽을 듯이 꽥꽥 소리를 질렀다. 지난번엔 보이지도 들리지도 않던 것들이었다. 트럭엔 50여 마리의 돼지들이 타고 있었고 20분에 한 트럭씩 도살장 안으로 들어갔다. 그것은 공장 안에서 컨베이어벨트가 돌아가는 속도였다.

세 시간 후 우리는 도살장 옆 시민공원으로 자리를 옮겨 이야기를 나눴다. 사람들의 말을 받아 적기 위해 노트를 펼쳤다. 나에겐 그들이 이 무참하고 잔인한 세계를 설명해줄 선생님 같았다. 흙(도자)으로 동물을 빚는다는 여성이 말했다.

"동물들이 어릴 때 도축당하잖아요. 그들에게 자기의 생을 살게 해주고 싶어서 저는 나이 들고 늙은 동물들을 만들어요."

그가 순식간에 우리를 늙은 돼지들이 사는 귀여운 세계로 데려갔기 때문에 모두 기분 좋게 웃었다. 하지만 그가 "제가 만든 동물들은 모두 웃고 있어요" 하고 말했을 때 그녀는 울고 있었다. "오늘 돼지들의 얼굴을 보니까 내가 그동안 무슨 짓을 했던 거지 하는 생각에…" 그가 말을 잇지 못했다. 우린 다시 도살장이 있는 현실로 돌아왔다.

취재를 온 기자였던 여성도 수첩을 내려놓고 이야기를 시작했다.

"여기에 온다니까 친구가 그거 인간들이 죄책감 덜려는 거 아니냐고, 돼지들 놀리는 거 아니냐고 했어요. 정말 그런가, 이건 너무 인간 중심적인 행동인가, 마음이 복잡했어요. 그런데 오늘 돼지들이 너무 목말라하고 힘들어하는 게 보이니까….”

그가 침착함을 잃고 말을 잇지 못했다. 50미터 너머에선 이제 막 도착한 돼지들의 비명 소리가 아련하게 들려왔고 공원은 야속할 만큼 조용하고 평화로웠다. 그가 울음을 삼키며 말했다.

“뭐라도 먹일 수 있어서 좋았어요.”

나는 울지 않았지만 이렇게 울 수 있는 사람들 옆에 있어서 슬프고 기쁘고 황홀했다.

행사를 진행하는 활동가는 말했다.

“그들이 ‘물을 원한다’는 감각이 있어요.”

그러면서 오른쪽 손가락을 만지작거렸다.

“분무기로 물을 주면 그들이 노즐을 아주 세게 물고 빨아서 분무기가 벌써 10개도 넘게 부서졌어요.”

그 말을 적으며 나는 감각이란 단어에 동그라미를 쳤다. 글쓰기 선생님은 좋은 글을 쓰려면 오감을 써야 한다고 말했다. 냄새와 촉감, 보이는 것과 들리는 것 모두를 잘 쓸 줄 알아야 한다고. 나는 그것이 언제나 힘들다고 느꼈는데, 이제야 그 이유가 쓰기 능력의 부족이 아니라 감각 능력의 부족이었음을 알겠다. 선생님이 나에게 쓰라고 한 것이 '글'이 아니라 보고 듣고 만지고 냄새 맡는 '감각' 그 자체였다는 것도.

에스엔에스를 통해 매일 '새벽이'의 소식을 본다. 새벽이는 동물권단체 '디엑스이(DxE) 코리아'의 활동가들이 공장식 축산 현장에서 '구조'한 국내 최초의 돼지다. 기적처럼 살아 한 살을 맞이한 새벽이는 활동가들이 마련한 안식처 '생추어리'에서 기쁨과 슬픔, 자유와 외로움을 누리며 살아가고 있다. 활동가들이 전하는 새벽이의 소식엔 놀랍고 새로운 감각이 가득하다. 나는 그들로부터 새로운 언어를 배운다. 언어를 배우는 것은 그 언어에 담긴 세계관을 배우는 일이기도 하다. 그들로부터 차별이나 폭력에 대해서뿐만 아니라 해방이나 연대, 인간다움이나 아름다움, 사랑과 혁명에 대해서도 처음부터 다시 배우고 싶다. 이 세계를 감각하는 동물적 능력을 키우면서 동시에 그것을 인간의 언어로 설명해내고 싶다는 불가능한 꿈을 꾼다. 더 많은 '새벽이들'이 무사히 늙어가는 세계를 현실에서 짓고 싶기 때문이다. 많은 이가 함께해주면 좋겠다.

후원 우리은행 1005-103-950529 (예금주명 새벽이생추어리)

새벽이 생추어리 블로그 주소 https://blog.naver.com/dawnsanctuarykr (2020. 9. 13)

사랑하고 싶어질 때

미류(인권활동가)

"안산에 다녀온 날이면 나는 조금 더 열심히 살고 사랑하고 싶어진다."

부정의에 대한 이야기의 끝에는 흔히 책임이나 연대라는 말이 딸려온다. 그런데 은전은 사랑하고 싶어진다. 그 마음은 무언가 더 해야 할 것 같기보다는 무언가 더 할 수 있겠다고 느끼는 마음이라고, 나는 생각한다. 그래서 글을 읽는 우리도 무언가 더 하고 싶어진다. 사랑하고 싶어진다는 은전을, 닮고 싶을 때가 있다.

타인의 이야기는 타인의 것이다. 나의 것이 아니므로 누군가의 이야기를 듣고 무언가 하고 싶어지는 일렁임은 공감에서 시작된다. 공감은 감정의 전염이나 이입과는 다르다. 누군가 고통을 겪는 모습을 보며 마음이 흔들리기란 차라리 쉽다. 흔들리는 마음을 단속할 더 쉬운 이유들이 많을 뿐이다. 타인의 곤란함은 대체로 사소한 것이거나, 조금 심각하지만 스스로 불러온 것이거나, 어쩔 수 없었더라도 내게는 닥치지 않을 일이다. 사회에서 흔히 '소수자'로 불리는 사람들의 이야기가 더욱 그렇다. 섣부른 감정 이입은 소수자의 이야기를 고통의 체험학습 교재로 만들어버리기도 한다. 공감에는 복잡한 능력이 필요하다.

은전은 먼저 사소함에 도전한다. 그는 '장애등급제 희생자'라는 말을 마뜩잖아하는데, 누군가의 "얼굴을 지워버리기 때문"이다. 그래서 그가 글로 전하는 이야기는 대부분 이름과 얼굴 있는 사람들의 것이다. '소수자의 현실'을 보고하는 글이 아니다. 물론 우리는 이름을 들은들 누구인지 알 길이 없다. 하지만 이름이 말해지는 순간 그 이름의 주인이 겪는 일은 더는 사소하지 않다. 고유한 것은 사소해질 수 없기 때문이다. 엘리베이터 버튼의 높이에 심장이 아파올 때 그가 발견하는 절실함은 공감으로 넘어서는 한 문턱이다. 그러나 고유함은 또 다른 함정이 되기도 한다. 그 한 사람을 위해 나 한 사람이 할 수 있는 일을 찾는 데서 멈출 수 있기 때문이다. 은전의 글은 우리를 관객의 자리에 있게 두지 않는다. 사람의 이야기와 함께 한 세계를 옮겨오는 덕분이다. 고통은 전시의 대상이 되기를 모면한다.

문턱을 넘어선 우리는 누군가의 이야기라기보다 누군가 자리한 곳에서 바라보는 세계를 함께 겪게 된다. 그 세계는, 늙은 어머니에게 노동과 복지를 떠넘기는 국가, 아무도 처벌받지 않아 힘없는 부모가 매일 밤 자신을 벌해야 하는 세계다. 그의 글은 이제 개인의 곤경이 아니라 세계의 곤경에 대한 이야기가 된다. 그래서 무언가 더 해야만 할 것 같아질 때, 정작 그는 주춤거린다. 장애인 특수학교 설립을 반대하며 무릎 꿇었던 엄마들이 사실은 "우리 모두를 향해" 무릎을 꿇고 있었기 때문이며, 그 세계를 고발하는 지면을 얻는 것은 정작 비장애인인 자신이기 때문이다. 나는 은전이 몹시 조용히 그르렁거리는 소리를 듣는다. 누군가의 곁에 서는 것만으로 면책될 수 없는 '수혜자'의 위치에서 무엇을 더, 아니 과연 할 수 있단 말인가.

　부조리한 세계를 바꾸고 싶은 마음이 혼자 내달릴 때 사람들은 알려주고 싶어진다. 자신이 본 세계의 부정의를 당신은 아직 모르기 때문이라고, 그래서 가만히 있는 것이라고. 아니다. 사람들은 알수록 더 두렵다. 내가 겪은 모욕과 무시가, 내가 처한 가난과 차별이, 거대한 세계가 굴러가는 방식이라는 걸 알수록 차라리 모르고 싶고 달아나고 싶다. 이미 힘겨우므로 싸우는 일이 더 힘들다는 것쯤은 너무나 잘 알기 때문이다. 은전은 그래서, '알아야 한다'고 말하지 않고 "배워야 한다"고 말한다. 어떻게 바꿀 수 있을지 모르지만 최소한 현실을 마주할 용기를 먼저 낸 사람들로부터. 모두를 공모자로 만드는 이 세계에서, 앓은 우리를 앓게 하지만 누군가는 그렇게 앓으며 세계를 바꿔왔다. 그것은 다시, 아이들은 어디서 뛰어노느냐 묻고는 물러서지 않는, '사소한' 용기이므로 우리는 더 사랑하고 싶어진다.

　은전의 관심이 '동물'로 이어져 사로잡힌 것은 자연스러워 보인다. 그는 고양이 카라를 만나 함께 살게 된 일이 "왜인지 굴욕적"이라고 했다. 나는 그 마음을 알 것 같다. 굴욕은 남이 나를 업신여기는 순간이 아니라 내가 그 상황을 바꾸기 위해 할 수 있는 일이 없음을 자각할 때 찾아온다. 인간의 혐오는 제 몫의 굴욕을 남에게 돌리는 방식이기도 하다. 그래서 어쩌면 우리는 굴욕부터 배워야 한다. 그러고 나서야 혁명을 배울 수 있다. 혁명은 일상이 닫힌 중증장애인의 방에 활동보조인이 찾아온 순

261

간 시작되고, 타인의 이야기를 제 가슴에 품는 사람들이 이어가며, "기어이 출구를 만들어내는" 운동들이 선언하는, 웅숭깊은 곳에서부터 서서히 조직되는 세계다. 그러니 싸우는 사람들이 "몸을 사리며 적당히 비겁하게" 오래 살아주길 바라게 된다. 은전이 여러 글의 말미에 후원을 요청할 때, 그것은 누군가를 돕는 일이 아니라 우리가 계속 배울 수 있는 학교를 짓는 일이라고, 나는 느낀다.

그곳에서 굴욕은 굴복에 이르지 않고 대결로 전환한다. 대결은 온몸의 근육을 한껏 수축하고 누군가를 노려보는 일이 아니다. 우리에게로 끊임없이 다가오는 타인과 밀려드는 세계 앞에서 한없이 흔들리는 일이다. 오래전, 서울의 삭막한 표정에서 '무심함'을 닮고 싶었다는 은전처럼 우리도 흔들리지 않으려 애쓰며 살아간다. 타인의 이야기는 "한 번도 상상해본 적 없는 세계"를 마주치게 하거나 "나의 세계를 와르르 무너뜨리며" 다가오기도 하기 때문이다. 그러나 흔들리지 않기란 사실, 타인의 세계를 열등한 것으로 밀쳐낼 수 있는 자원을 가진 사람들에게나 가능한 일이다. 우리가 모두 취약하여 흔들릴 수밖에 없는 존재임을 깨닫고 더욱 기꺼이 흔들리는 일, 아마도 더 사랑하는 일이 그것이리라. "좋은 동물이 되고 싶어졌다"는 말을 나는 이렇게 이해한다.

은전은 기꺼이 흔들리기 위해 먼저 질문한다. 글쓰는 사람이 되기로 마음먹은 그가 하루하루 내는 용기일 것이다. 은전의 말처럼 진실은 "질문하는 사람과 대답하는 사람의 사이에서" 태어난다. 그러나 질문과 대답이 있다는 것만으로 진실이 태어나지는 않는다. 타인의 고통을 이해하는 것이 목표일 때 질문은 심문이 되기 쉽다. 서로 이야기를 청하는 것은 나와 타인 사이에 진실이 태어날 '빈자리'를 만들기 위한 노동이다. 알 수 없다는 두려움을 딛고 타인의 이야기를 헤아리는 노동을 자처할 때 진실이 찾아온다. 은전이 질문하는 모습을 떠올릴 때면 의뭉스럽게 눈을 둥글리는 그의 표정이 떠오른다. 순전히 존경하고 감탄할 준비가 된 사람만 지을 수 있는 표정이다. 자신의 책임이 호출될까 하는 불안이나 다그치는 듯한 질문을 쏟아낸 후의 부끄러움을 제 몫으로 감당하면서. 덕분에 우리가 그와 함께 배울 수 있다는 점이 내가 이 책을 추천하는 이유다. (그래서 은전이 동물보다 사람에게 질문하는 이야기를 더 많이 써주면 좋겠다는 바람도 덧붙인다.)

'그냥 사람'으로 서로 만나는 일은 그냥 되지 않는다. "배워야 한다." 그러나 이 책이 무언가를 우리에게 선물한다면 그것은 배움보다 '빈자리'다. 또 다른 누군가를 '그냥 사람'으로 만나, 그 이야기를 은전처럼 묻고 들으며 더 사랑하고 싶어질 자리. 우리에게 찾아온 누군가의 이야기는 책에서 끝나지만 배움의 끝에 우리 모두에게 "마음속 동그란 빈자리"가 남아 있기를 바란다.

그냥, 사람

초판 1쇄 발행 2020년 9월 25일
초판 13쇄 발행 2024년 12월 10일
지은이 홍은전

발행인 박지홍
발행처 봄날의책
등록 제311-2012-000076호 (2012년 12월 26일)
서울 종로구 창덕궁4길 4-1
전화 070-7570-1543, E-mail springdaysbook@gmail.com

기획·편집 박지홍
디자인 공미경
인쇄·제책 한영문화사

ISBN 979-11-86372-79-1 03810

이 도서의 국립중앙도서관 출판예정도서목록(CIP)은
서지정보유통지원시스템 홈페이지(http://seoji.nl.go.kr)와
국가자료종합목록 구축시스템(http://kolis-net.nl.go.kr)에서
이용하실 수 있습니다.(CIP제어번호 : CIP2020037677)

이 도서는 한국출판문화산업진흥원의
'2020년 출판콘텐츠 창작 지원 사업'의 일환으로
국민체육진흥기금을 지원받아 제작되었습니다.